プラチナ・ゴールド

警視庁刑事部ＳＳ捜査班

矢月秀作

角川文庫
22817

目次

プロローグ

椎名《しいな》つばきは、カーテンで目隠しされたワンボックスカーのセカンドシートに座っていた。

隙間から通りを挟んで路地の奥にある古びた七階建てのビルを見やり、ショートボブの髪を指で掻《か》き上げる。左耳にはヘッドセットが付いていた。

「A班。小此木《おこのぎ》はどう？」

話しかける。

と、若い男の声で返事が来た。

――まだ出てきた様子はないので、中にいると思われます。

「そう。そのまま待機ね」

つばきは指示をして、通話をいったん切った。

センターコンソールの正面にある無線機に手を伸ばす。脇のスイッチを入れて、本部と交信した。

「椎名です。突入態勢、整いました」

告げる。

つばきは、渋谷《しぶや》センター街の外れにいた。行き交う人々を横目に、間口の狭い対象のビルだけを見据えている。

つばきが所属するのは、警視庁刑事部捜査第三課。主に、窃盗犯を摘発する部署だ。

今、目にしているビルの四階と五階に、かねてから内偵を進めていた窃盗団のアジトがある。

〈Ａｒｔ３〉という画廊を装ったフロアで、四階は展示場と商談スペース、五階は絵画や彫刻を収納する倉庫ということになっている。

実際、四階では無名作家の展示会が行なわれ、五階の倉庫もそれら展示用の作品の収納に使われている。

一方で、期間展示スペースというものがあり、飾られる絵や彫刻は不定期に入れ替えられるが、それが盗品のサインだという。

絵画なら宝飾品、彫刻なら銅などの金属、といった具合だ。

盗品の売買交渉は表の商談スペースで通常の作品売買と変わらない形で進められ、商談が成立すると、五階の倉庫に隠していた盗品を、他の美術品と共に運び出すという手はずで、取引をしていた。

つばきたち捜査第三課では、Ａｒｔ３で、そのような盗品売買が行なわれているらしいという情報を一年前から得ていた。

しかし、決定的な証拠は得られず、展示場や倉庫を捜索することも、搬入出される品を調べることもできずにいた。

そこに、おいしい情報が飛び込んできた。

昨年末、東京郊外で発生した貴金属店の窃盗事件で盗まれた宝飾品が、Ａｒｔ３で取引されるという情報だ。

一ヵ月前に協力者から得たもので、三課は慎重に捜査を進めていた。

さらに、その事件の犯人の一人と目されている小此木という男が交渉に訪れるとの情報も付加されていた。

そして、三時間前、張り込みをしていた捜査員から、小此木と思われる男がビル内へ入ったとの報告があり、Ａｒｔ３への捜索差押許可状と小此木の逮捕状を取って、現場へ急行した。

現場の指揮は、つばきが任されていた。

つばきは、捜査員を三班に分け、ビル三方の出入口を固めた。そして、つばき率いる本隊は、通り向かいの時間貸し駐車場にワンボックスカー二台で待機している。

小此木がビルに入って、三時間。そろそろ交渉を終え、出てくるものと思われる。

チャンスは今しかなかった。

「課長、指示を！」

強い口調で言う。

――よし、適時突入しろ。

「了解！」

つばきは運転席にいた捜査員に無線機を渡し、腕時計を見た。

十五時三分だった。

スマホを取り、全班のチーフに同時につなぐ。そして、ヘッドセットのマイクを指でつまんだ。

「全班、１５０５に突――」

指示を出そうとした時、突然、通信にノイズが入った。激しいノイズが耳管を揺るがし、思わず顔をしかめる。

「何……？」

ノイズは激しくなる。

スマホを叩《たた》いてみるが、直らない。ヘッドセットも外し、ブルートゥースを切った。

スマホからノイズが漏れる。

つばきはスマホをシートに投げつけた。

「スマホを貸して！」

前席にいる捜査員に手を伸ばす。

運転席の捜査員がスマホを出した。それをひったくって、A班のチーフの番号を入れ、通話ボタンをタップする。

が、同じく、ノイズが聞こえるだけでつながらない。

「どうなってるの？」

カーテンの隙間から外を見た。誰もがスマホに目を落としていた。ざわついている。

「通信障害かもしれませんね」

助手席にいた捜査員が、自分のスマホを見ながら言う。

「こんな時に！」

つばきはビルに目を向けた。

玄関前は、立ち止まりスマホを確認する通行人で込み合っていた。ビルの中からも人が出てきている。

「みんな、手分けして各班に伝令に走って！　今すぐ、踏み込むよ！」

つばきは命じ、車から飛び出した。隣に停めていたワンボックスカーのスライドドアを開いた。

「杉《すぎ》さん！」

「どうなってんだ……？」

少し薄毛の中年男性は、自分のスマートフォンを握って首を傾げていた。

「通信障害のようです。今から、踏み込みます」

「そうだな。行くぞ」

同課のベテラン、杉平《すぎひら》は待機していた捜査員たちに声をかけた。一斉に車のドアが開く。

つばきは捜査員たちが降りてきたのを認め、一人、先にビルへと走った。

「椎名、待て！」

杉平が呼び止める。

が、つばきには届いていない。人混みを掻き分け、ビルの玄関だけを見据え、突き進んでいる。

「しょうがないなあ。みんな、急げ」

杉平は一つ息をついて、自分もビルへ向かった。

通信障害に気がついた人々が狭いエントランスと玄関前にたむろし、林立する周辺のビルの上を見上げている。

各階のフロアの窓も開き、外に顔を出している者もいる。四階の窓も開いていた。

それにいち早く気づいたのは、杉平だった。小走りでビルに近づいていた杉平は、歩を緩め、スマートフォンを出し、通信障害を気にする周りの人々と同じようにさりげなく上方を見回した。

四階の窓から顔を出していた男が、つばきを捉《とら》えた。他の人たちとは違い、つばきの動きだけを追っている。

そして、急いで、フロアに引っ込んだ。

「いかん！　全員、走れ！」

杉平は腕を振り、自分も駆け出した。

つばきは、玄関前の人々に視線を走らせた。

小此木らしき男はいない。そのままビル内に走り込んだ。

エントランスの右にエレベーターがあり、左に階段がある。若い捜査員が、つばきの後から駆けこんできた。

「エレベーターから降りてくる人をチェックして！」

命じ、自分は階段を駆け上がった。

ビルから出るには、エレベーターとこの階段しかない。屋上から隣のビルに移る可能性も若干残るが、それは外にいる別班が監視しているはず。

今は盗品の確認と小此木の逮捕が先決だ。

パンツスーツの上着の裾《すそ》を撥《は》ね上げ、途中、下りてくる人にぶつかりそうになりながら、一段飛ばしで上へと走る。

まもなく、四階フロアに出た。ガラス張りの入口ドアから中を覗《のぞ》く。フロアでは、男たちがあわただしく動き回っていた。

エレベーター前にも、三人の男がいた。目を向ける。

とたん、つばきは柳眉《りゅうび》を逆立てた。

「小此木！」

声がホールに響く。

三人の男がギクッと肩を竦《すく》めた。つばきに目を向ける。二人の男が壁のように立ち、その後ろに小柄で細身の中年男がいた。

つばきたちが追っていた小此木成男《しげお》だ。

つばきは小此木確保に動こうとした。が、それより先に、小此木のガードをしていた二人の男がつばきに迫った。

左の男がつばきの右肩を握った。

つばきはとっさに、右手で男の左手の甲を握った。左脚を後ろに引いて半回転し、体を入れ替える。

男の腕がねじれた。左手を男の肘裏《ひじうら》に添え、背筋をグッと伸ばし、左腕を伸ばす。

男は前屈《まえかが》みになって、顔をしかめた。

つばきは男の腕を押さえたまま、もう一人の男と小此木を睨《にら》んだ。

「サツだ！」

腕を押さえられた男が叫んだ。エレベーター前のホールや階段に、声が響く。

画廊から、男が数人出てきた。そのうち二人が、五階へ駆け上がっていく。

つばきは目の端で男たちの動きを捉えた。腕を押さえた男の背中を突き飛ばす。よろけた男が、もう一人の男に倒れ込んだ。その男がよろけた男を支え、動きが止まる。

その隙に、男たちの脇を駆け抜け、小此木に迫った。左手を伸ばし、つかもうとする。

小此木がズボンの右ポケットに手を入れた。素早く出し、右手を突き出す。

動きを感じ、つばきは瞬時に左半身になった。

左手の甲にチリッと痛みが走った。

とっさに後ろへ飛び退き、距離を取る。黒目だけ動かし、手の甲を見た。切れて、血が滲《にじ》んでいる。

小此木の手にはナイフが握られていた。

つばきの双眸《そうぼう》が鋭くなる。

エレベーターが四階で停まった。小此木はナイフを8の字に振り、つばきを牽制《けんせい》する。

つばきはにじり寄り、距離を詰めていく。

エレベーターのドアが開いた。小此木がちらりとエレベーターの中を見た。

その瞬間、つばきは一気に間合いを詰め、小此木の右前腕を左手でつかんだ。そのままエレベーター内に押し込む。

小此木は奥の壁に背中をしたたかに打ちつけ、呻《うめ》きを漏らした。

つばきは右手で小此木の左肩を押し、体を壁に押さえつけた。小此木の体が開く。

「あんたは逃がさないよ」

つばきは右膝《みぎひざ》を叩き込んだ。膝頭は小此木の股間《こかん》を抉《えぐ》った。

小此木は目を剝《む》いて、息を詰めた。内股《うちまた》になり、壁伝いにずるずると沈んでいく。

背後から、小此木をガードしていた男の一人がつばきの肩を握った。瞬時につばきは半回転し、右肘を振った。

男の右頬に肘がめり込んだ。歯が折れ、血が噴き出す。ドアにぶつかった男を蹴《け》り出し、閉ボタンと一階のボタンを押す。

振り返ると、小此木が右腕で体を起こそうとしていた。

つばきは小此木を見下ろし、爪先《つまさき》を腹部に蹴り入れた。

小此木は目を見開いて、唾液《だえき》を吐き出した。腹を押さえ前のめりになる。

エレベーターが下降し始めた。

小此木の背中を踏みつけた。小此木は床にうつぶせになった。腕をねじ上げ、帯革に通したホルダーから手錠を出す。

「俺が……何したってんだ……」

小此木が声を絞り出した。

「とぼけんじゃないよ。窃盗で逮捕状が出てんだよ。少なくとも、私への傷害と公務執行妨害は付くからね」

後ろ手に手錠をかける。

「それは……あんたがいきなり襲ってきたからじゃないか」

「そう主張すればいい。本丸はそこじゃないから。締め上げてやるから、覚悟しな」

つばきは顔を覗き込み、小此木を睨んだ。

一階に到着し、ドアが開く。ホールには、杉平たちの姿があった。

「杉さん、小此木を確保しました」

床に突っ伏している小此木に目を向ける。

杉平は無残に地べたに這《は》いつくばる小此木を見やり、ため息をついた。

「こいつを本部に連行して。あ、ナイフも持っていってね。物証だから」

杉平の脇にいた若い刑事に目を向ける。

男性刑事は、エレベーターに入ってハンカチでナイフを拾い上げ、小此木を立たせて、連れ出した。

「画廊の男たちが五階に向かいました。盗品を処分するかもしれません」

「階段で若いのを先に行かせた。俺たちも行こう」

杉平と他の捜査員が乗り込んでくる。つばきを含めて七人乗り込むと、狭いエレベーター内はいっぱいになった。

「他は、階段で上がって、四階フロアを押さえて」

そう指示し、五階のボタンを押して、ドアを閉じた。

エレベーターが動き始める。

「椎名……。小此木は、やりすぎじゃないか？」

杉平が言う。

「刃物を出してきたのは、小此木ですから。……杉さん、禁煙やめました？」

つばきは鼻をひくひくさせた。

「いや、続けてるが……」

「なんか、焦げ臭くありません？」

つばきが言う。

杉平や他の捜査員も、顔を左右に動かしながら臭いを嗅《か》ぐ。

「ほんとだ。なんか、臭いですね……。何かが焼けてるような……」

若い捜査員がエレベーター内を見回しながらつぶやく。

「焼けてる……！」

つばきは三階のボタンを押した。エレベーターがまもなく停まる。

「どうした、椎名！」

杉平が声を上げた。

「盗品処分！」

そう叫び、エレベーターを飛び出し、階段を駆け上がる。

杉平らの表情もとたんに険しくなった。一斉にエレベーターを降りて、つばきに続いた。

つばきが四階のホールに出ると、五階から煙が漂ってきていた。五階へ上がろうとする。先に上がっていた捜査員が駆け下りてきた。

踊り場で捕まえる。

「どうなってるの！」

「あっ、椎名さん！　連中、倉庫に火を放ちました！」

「連中は！」

「上階に逃げました！　他の者が追っています！」

若い捜査員が口早に報告する。

つばきは、くそっ！　と吐き捨て、階段を駆け上がろうとした。あわてて、若い捜査員が腕をつかむ。

「五階は消火不能なほど燃えています。危ないです！」

つばきは手を振り払い、階段を駆け上がった。

「消防を手配して！」

ホールの手前まで上がる。その時、爆発音がし、五階フロアのドアが吹き飛んだ。業火が噴き出す。

つばきは足を止め、とっさに両腕で顔を覆った。熱風が頬を掠《かす》める。

少し後退《あとじさ》りしたつばきは、噴き出す炎を睨みつけた。

第1章

1

「はーい、みんな。車道に飛び出したり、いきなり横切ったりすると危ないのはわかりましたねー」

花柄のマスクをつけた彩川《あやかわ》りおは、目の前で体育座りをしている幼稚園児たちに、満面の笑みで声をかけた。

「はーい！」

子供たちが元気に返事をする。

「車道を渡りたい時は、横断歩道を見つけて、手を上げて渡るんだぞー」

「はーい！」

子供たちが手を上げて、さらに元気よく返す。

「みんな、お姉さんとの約束、守るんだぞ！」

りおは左手を腰に当て、前屈《まえかが》みになって、右手の人差し指を振って見せた。肩まであるカールした髪の端がふわりと揺れる。

「じゃあ、おしまい！」

りおが言うと、子供たちが一斉に立ち上がった。

「おねーさん！　おねーさん！」

子供たちがりおを囲む。

りおはしゃがんで、キラキラの笑顔で子供たちと接していた。

少し離れたところに、ピーポくんの着ぐるみが立っていた。

ピーポくんにも、子供たちが群がっている。手を握ったり、話しかけたりする子供がほとんどだが、一人、後ろからしつこく、ピーポくんのお尻《しり》を蹴っている男の子がいる。

ピーポくんは、他の子供たちに愛嬌《あいきょう》を振りまきつつ、振り返った。

ゆっくりと、蹴っていた男の子に顔を向ける。そして、両手で男の子の顔を挟み、近づけた。

「こら、ガキ。子供だからって、何してもいいわけじゃねえ。暴行罪で引っ張るぞ」

男の子に聞こえる程度の小声で言う。

男の子の顔が固まった。みるみる目が潤む。まもなく、男の子は大泣きし始めた。

あわてて、年配の女性警官が駆け寄ってくる。

「あらあら、どうしたのかな？　ピーポくん、そろそろ時間だから、おうちへ帰ってね」

女性警官が言う。

ピーポくんは二度うなずき、子供たちに手を振って、男性警官に手を引かれ、幼稚園の出入口から出て行った。

そのまま、近くの駐車場に連れていかれた。男性警官が警察車両のワンボックスカーのスライドドアを開けた。手を添え、ピーポくんを二列目の座席に誘う。

ピーポくんは、シートにちょこんと腰かけた。

「今日はもう終わりなので、着替えておいてください」

男性警官は言い、スライドドアを閉めた。

カチッとロックした音が聞こえる。

ピーポくんが頭を取った。

つばきだった。

吉祥寺《きちじょうじ》にある幼稚園の交通安全講習に随行していた。

被《かぶ》り物を取ったつばきは、汗だくのマスクを取り、頭を振って、髪の毛を散らす。

「疲れるなあ、ガキの相手は……」

大きなため息をつく。

着ぐるみの中で腕を抜いて、背後に手を伸ばして、ファスナーを少し下げた。空いた隙間から両腕を出し、上半身を着ぐるみから出す。

下に着ていたＴシャツは、汗でぐっしょり濡《ぬ》れ、黒いブラジャーが透けていた。シートに置かれていたスポーツバッグを開け、タオルを取って、顔の汗を拭《ぬぐ》った後、

Tシャツを脱いで、流れる汗を拭《ふ》く。

脇腹には刺された傷の痕《あと》がくっきりと残っている。その傷のあたりの汗も拭い、バッグからカットソーを出して被り、着ぐるみから足を抜く。

スライドドアが開いた。

「あ、ごめんなさい！」

りおだった。あわてて、閉めようとする。

「気にしなくていいよ」

つばきはドアが開いているのも気にせず、着ぐるみを脱ぎ捨てた。

りおはつばきの横に乗り込んで、すぐにスライドドアを閉めた。

「椎名先輩、いきなりパンティー姿だなんて、大胆ですね」

「着替えてんだから、仕方ないだろ」

ジーンズを出し、足を通す。

「もう、終わったの？」

「もうすぐ、終わります。私がいると、子供たちが離れないんで、先に戻ってきちゃいました」

りおが当たり前のように言う。

「先輩、さっき泣いてた男の子、何かあったんですか？」

「尻をガンガン蹴《け》ってたんでね。ちょっと注意しただけだよ」

「ほんと、子供ってそうですよねー。私、子供、大っ嫌いなんです」

りおはさらりと言ってマスクを取り、自分のポーチを取って、化粧を直し始めた。

食えねえ女だな……。

つばきはりおを一瞥《いちべつ》し、薄手のパーカーに袖《そで》を通した。

つばきは今、広報課に出向を言い渡されていた。

二週間前のＡｒｔ３の摘発の責任を取らされた形になっている。

Ａｒｔ３が入ったビルは、その後、四階の画廊も含めて半焼した。

五階の倉庫に保管していると見られていた盗品はすべて焼失してしまい、四階のオフィスのパソコンや書類も焼け、多くの証拠品を失った。

火を放ったＡｒｔ３の関係者や画廊のオーナーにも逃げられた。

小此木は、つばきに対する傷害や公務執行妨害についての罪には問われているものの、窃盗に関しては一貫して否認している。

さらに小此木は、弁護士を通じて、逮捕時のつばきの暴行を訴えていた。

Ａｒｔ３の摘発失敗の原因は、つばきのスタンドプレーとされた。

通信障害が生じた時、つばきが摘発を急ぎ、一人で先に踏み込んだことで、相手方に動きを悟られ、証拠を消され、関係者にも逃げられたというのが、上層部の見解だった。

杉平が、通信障害は不可抗力で、現場判断としては間違っていなかったと擁護してくれたが、上は聞き入れなかった。

理由がどうあれ、一年間追ってきた事件の摘発を台無しにしてしまったことに違いはない。その責任を、チーフだったつばき自身が取ることにも異論はなかった。

そして、今回の件の処分として、九十日間の総務部広報課への出向を命じられた。

当然、処分期間が終われば、三課に戻る。つばきを預かった広報課は、それまでの間、イベントに随行するピーポくんの着ぐるみ要員を任せることにした。

「でも、ほんと、先輩ツイてないですよねー。まさか、携帯の基地局が盗まれるだなんて」

りおは話しながら、口紅を引き直している。

言われたかねえよ、と思いつつ、心の中で舌打ちをする。

スマートフォンの電波が落ちたのは、渋谷駅周辺のマクロセルの携帯基地局が根こそぎ盗まれたことが原因だった。

作業員を装った何者かは、点検と称して、広域をカバーする基地局に近づき、解体して、盗み去った。

五カ所の基地局が同時刻に盗まれたことから、同一グループの犯行と目されている。

現在、三課では、基地局窃盗の事案についても捜査を進めている。

「でも、私も困ったんですよー。あの日、リモート合コンに誘われてて、渋谷に行ったんですけど、場所がわかんなくて聞こうとしたら、障害が起きて、誘ってくれた子と連絡が取れなくなって。結局、行けなかったんです。チャンスだったのになあ」

りおは眉《まゆ》も描き直し始めた。

「なんだよ、リモート合コンって」

「カラオケ店の個室に二、三人集まって、モニター越しに別部屋の男性陣と話したり、歌ったりするんです。緊急事態宣言出ちゃったから、もうできませんけど——」

「なんだ、それ」

気楽なもんだな、と、喉元《のどもと》まで出てきた毒を呑《の》み込む。

つばきの苦手なタイプだ。

彩川りおは二十三歳。つばきとは一回りも違う。背丈も、一六八センチあるつばきとは違い小柄で、ほっそりしていて愛らしい。

本人も、自分が可愛いことはわかっているようで、メイクやヘアスタイルのチェックには余念がない。

少し甲高くベタッとした甘え声やほわっとした緩い目つきは、つばきからしてみれば気持ち悪いの一言でしかないが、男性諸氏、特に年配男性にはウケがいい。

男が単純と言ってしまえばそれまでだが、男が望む女性像を完璧《かんぺき》なまでに体現するりおには、感心すら覚える。

つばきは、特にりおと話したいとは思わないのだが、りおは何かとつばきに話しかけてきた。

いや、どちらかといえば、りおの一方的なしゃべりを聞かされている。

ほとんどは、自分のモテ自慢と男の話だった。

りおが警察官になった動機にも驚いた。

制服を着るとモテるし、警察官という肩書を持っていれば、つまらない男が寄ってくることがなくなるからという理由だ。

あんぐりとして、言葉が出なかった。まさか、そんな理由で警察官を志す者がいるとは、考えもしていなかった。

「そういえば、先輩はなんで、警察官になったんですか？」

顔を手鏡に向けたまま、能天気な声で訊《き》いてきた。

「私は……正義のためよ」

つばきが答える。

「かっこいいですね。憧《あこが》れます」

りおは適当に返した。

つばきは込み上がってくる苛立《いらだ》ちを呑み込んだ。

正義のため、と答えたが、本当は違う。

つばきは高校生の時、二つ年上の大学生と付き合っていた。

有名大学の理系の学生で、背が高く、目鼻立ちの整った精悍《せいかん》な顔をしているイケメンだった。

長身で彫りの深い顔立ちのつばきと並んで歩くと、モデルのカップルが歩いていると間違えられることもあった。

付き合い始めて、半年経った頃、つばきは大学受験に備えるため、デートの頻度を減らしたいと男に伝えた。

男はいつも優しく、つばきの申し出は常に受けてくれていた。

その時も、男が受け入れてくれると思っていた。

が、その申し出をきっかけに、男は豹変《ひょうへん》した。

一日のメールは二百通を超える勢いで届くようになり、返事をしないと電話がかかってきた。

たまに会うと、男のマンションにほぼ監禁され、少しでも逆らうと暴力を振るわれるようにもなった。

男は、受験のためという理由は虚偽で、他に男ができたと勘違いしたようだった。

つばきは必死に、男の誤解を解こうとしたが、説得しようとすればするほど男は疑念を深め、暴走した。

嫌気がさしたつばきは、男との連絡を絶った。

その一週間後、男はつばきの家の近くで待ち伏せ、つばきを刺した。

つばきは抵抗し、逃げながらも、死を覚悟した。

と、通りかかった女性が、つばきと男の前に立ちふさがった。

女性は、向かってくる男と対峙《たいじ》しても身じろぎもせず、男を見据えた。

そして、男が刃物を振り上げた瞬間、男の懐に踏み込み、腕をつかんで一本背負いを決めた。

まるで、アクション映画のワンシーンを観るような、見事な投げ技だった。

女性は、背中を打ちつけて息を詰めた男をうつぶせに返して腕をねじ上げ、背中に膝頭《ひざがしら》を落とした。

押さえつけられた男は喚《わめ》き暴れるが、起き上がることはできない。

女性が声を張った。

「一一〇番して！」

通行人が携帯で警察に連絡を入れた。まもなく、パトカーが到着し、制服警官が降りてくる。

女性は制服警官に身分証を見せた。制服警官が敬礼をした。

男が手錠をかけられ、パトカーに乗せられたのを認め、つばきはホッと息をついた。

とたん、腹部の痛みに気づき、脇腹を押さえて両膝を落とした。

女性は救急車を要請し、つばきに駆け寄ってきた。

「大丈夫？　すぐに救急車が来るから」

「ありがとうございます」

つばきの目からは安堵《あんど》で涙があふれ、そのまま気を失った。

その女性が警視庁の刑事だと知ったのは、入院中だった。

女性は何度も見舞いに来てくれて、つばきを励ましてくれた。

一方、退院したつばきに対し、両親や友人は冷たかった。

両親は男女トラブルを起こした娘を嫌忌し、友人は傷害事件に巻き込まれたつばきを異質な目で見るようになって離れていった。

つばきは恐怖症に近い人間不信に陥り、部屋に引きこもった。

女性刑事は、そんなつばきを心配して、何度も訪ねて来てくれた。

そして、女性たちをつばきと同じような目に遭わせないために、警察官にならないかと誘ってくれた。

唯一、信頼できる人からの提案――。

つばきは受け入れ、高校を卒業してすぐ公務員試験に合格し、警察学校へ入った。

当時、つばきを救ってくれた女性刑事は、五年前に定年を迎え、退職した。

辞める際、つばきは、自分のあとをよろしくと、その女性刑事に託された。

以来、その人に近づこうと精進している。自分の生きる道は、ここしかないと思っていた。

りおは化粧を終え、スマートフォンを取り出した。

「先輩、これから別のリモート合コンがあるんですけど、一緒に行きます？」

「行かないよ」

「残念。先輩、見た目は映えるから、ゲストとしては最高なんだけどなー」

「知らねえよ」

思わず、言葉尻《ことばじり》がきつくなる。

が、りおはしれっとして、スマホをいじろうとした。

「あれ？」

りおの指が止まる。

スマホの画面を何度も叩《たた》く。

「やだ。また、通信障害？」

りおは画面を指でつついた。

つばきはりおの手元を覗《のぞ》き込んだ。アンテナのシグナルが消え、×が付いている。

「貸して！」

つばきはりおからスマホをひったくった。

三課の番号を叩き、通話ボタンを押す。ノイズが走った。

渋谷の時と同じだ。

つばきはりおにスマホを返し、運転席へ移動した。無線をつかみ、本庁に連絡を入れる。

「こちら、三課の椎名。吉祥寺周辺の携帯基地局のデータを転送して。車両ナンバー、武蔵野《むさしの》３６――」

連絡を入れると、すぐに基地局のデータがセンターコンソール正面に付けたタブレットに送られてきた。

それを見て、一番近い場所にある基地局が設置されたビルを特定する。

カーナビにそのビルの位置を入れ、案内を開始し、エンジンをかける。そして、いきなり発進させた。

りおが、キャッと悲鳴を漏らし、シートにもたれた。

「どこ行くんですか、先輩！」

りおが訊《き》くが、つばきは返事もせず、運転する。

「ちょっと、これから合コンなんですけど！」

「その前に仕事だよ！」

つばきは怒鳴り、アクセルを踏み込んだ。

2

つばきは、五日《いつか》市《いち》街道を吉祥寺駅方面へ向けて、車を走らせた。

運転席からビルの上に目を向け、猛スピードで車の間を縫って走る。

車体は左右に大きく揺らいだ。

「先輩！　危ないですよ！」

りおは、窓上についているアシストグリップを握り、悲鳴にも似た声を上げた。

「あった！」

つばきが叫ぶ。

吉祥寺大通りと五日市街道が交差する吉祥寺駅北交差点の角に、学習塾やフォトスタジオの入った九階建てのビルがある。その屋上に、携帯基地局のアンテナが見えた。

つばきは急ブレーキをかけてタイヤを軋《きし》ませ、車体を滑らせ、横断歩道を遮るように停車した。

りおの体が前のめりになった。助手席の背もたれに額を打ちつける。帽子が飛び、右手に握っていたコンパクトが落ちた。

「いったーい！　乱暴すぎます！」

りおは左手で額をさすった。

つばきは無視して、シートベルトを外した。

「どこに行くんですか！」

「パクりに行くんだよ！」

つばきはそう怒鳴り、運転席から飛び出した。そのまま角のビルに駆け込んでいく。

「待ってくださーい！」

りおは落ちたコンパクトを拾って、スライドドアを開けた。

ビルを見上げる。屋上にはアンテナが立っている。

「まだ、盗まれてないじゃん。ここじゃないと思うんだけどなあ。もー、しらない」

りおは、吉祥寺大通り側のガードレールに浅く腰かけた。

さっさと署に戻りたかったが、車両とつばきを残して去るわけにもいかない。

時間を持て余したりおは、コンパクトを開いた。メイクを直そうと鏡を覗き込んだ。

と、交差点付近の車が渋滞していることに気づいた。

「あーあ、迷惑かけちゃってるなあ」

りおは自分たちの車両をちらりと見た。

が、通りの向こうに、グレーのバンが停まっていることにも気がついた。

「渋滞の原因はあれか」

路上駐車しているバンが、後続の交通を妨げていた。

「違法駐車は迷惑だなあ。交通課に連絡しちゃうぞ」

ぶつくさ言いながらも、メイクに余念がない。

鏡を見つめ、人差し指でチークをのばす。

「ちょっと濃いかなあ」

その指が止まった。

鏡を背後に向け、首をかしげる。

交通を邪魔していたバンの周りに、作業着を着た男たちが現われた。金髪メッシュの派手な髪型の男の手には金属製の円筒が握られている。

他の男は、支柱のような鉄骨や電線を持っていた。スライドドアやリアハッチを開き、積み込んでいく。

「あれ……アンテナじゃない？」

つぶやくと、りおはコンパクトをポケットに入れマスクをし、吉祥寺大通りを横断した。

バンに近づいていく。

「こんにちは」

笑顔で声をかける。

円筒を持っていた男が、制服を見て、ギョッと目を見開いた。他の男たちも、一瞬、動きを止める。

「何してるんですか？」

りおが訊いた。

「工事だけど……。あんた、誰？」

金髪メッシュの男が目を細めた。

「警視庁広報課の彩川りおです」

顔を少し傾ける。カールした髪の端が揺れた。

「車の中に、何を運んでるのかな？　ちょっと見せてくれない？」

りおが後ろに手を回して、男に近づく。

男は怪訝《けげん》そうに、りおの全身を上下に見やった。

「……警察手帳見せてよ」

「ちょっと待ってね」

りおはポケットに手を入れた。が、警察手帳がない。胸ポケットや横ポケットを触ってみる。

「あれ、車の中に落としてきちゃったかな？」

警察手帳を出せないりおを、男は睨《にら》みつけた。

「なんだ、コスプレねーちゃんか」

「コスプレじゃないよ。本物だぞ！」

りおが頰を膨らませる。

金髪メッシュの男は、りおの態度を見て、呆《あき》れたように笑みをこぼした。他の周りの男たちもにやりとする。

「わかったわかった。俺たち、忙しいから、警察ごっこは他でやってくれ」

男は右手の甲を振った。

「ごっこじゃないよ！　本物だって言ってんじゃん！」

「うるせえな、ブス。こっちは仕事中なんだ。邪魔すんじゃねえよ」

「ブス……？」

りおが気色ばむ。

「制服着てブスって、救いようがねえな」

男が大笑いする。他の男たちも笑いだした。そして、何事もなかったように作業を再開しようとした。

その時、りおは金髪メッシュの男の胸ぐらをつかんだ。

いきなり、右膝《みぎひざ》を振り上げる。膝頭が男の股間《こかん》にめり込んだ。

男は息を詰めた。脇に抱えていた円筒を落とす。カランコロンと音を立て、円筒が転がる。

「誰がブスだって？」

マスクを捨て、両眼を吊《つ》り上げて睨みつけ、膝が落ちそうな男の襟を締め上げる。

「警視庁イチのアイドル、りお様をナメんじゃねえぞ、こら」

再度、膝を振る。

男の鳩尾《みぞおち》に、膝頭が食い込んだ。男は目を剥《む》いた。力が抜ける。りおが手を離すと、男は両膝を落とし、そのままゆっくりと前のめりに突っ伏した。

他の男たちが蒼《あお》ざめた。

持っていた資材を車に放り込んでリアハッチを閉め、金髪メッシュの男を置いて、車に乗り込む。

運転席の男がエンジンをかけた。

りおは自分たちの車両に駆け戻った。運転席に乗り込み、エンジンをかける。

バックミラーを見た。男たちのバンがUターンしようとしている。

りおはバックギアに入れ、バックミラーを見たまま、アクセルを踏み込んだ。けたたましいスキール音が周囲のビルの壁に反響する。

通行人は驚いて足を止め、通行中の車両も停車した。

りおはハンドルをわずかに左に切った。そのままバンに突っ込む。

りおの運転する車のリアが、バンの左側面に突っ込んだ。激突音が周囲に響く。ボディーが歪《ゆが》み、バンの左側が浮き上がる。

男たちが車から出てきた。流血している者や足を引きずっている者もいるが、車から這《は》い出し、四散する。

「待て、てめえら！」

りおは右足を引きずっている短髪の男に駆け寄った。男は逃げようとしたが、つまずいて両手をついた。

りおは男の尻《しり》を蹴《け》り上げた。男はダイブし、車道の真ん中に突っ伏した。

りおは歩み寄り、背中を踏みつけた。男は仰《の》け反って、呻《うめ》きを漏らした。

「てめえ、笑っただろ？」

「あ、いえ……」

「人のことをブス呼ばわりして、笑っただろ！」

見下げて怒鳴り、何度も何度も踏みつける。

交通を邪魔されている車も、何やら穏やかならぬ雰囲気に戸惑い、停まっているだけ。

通行人も遠巻きにりおを見ていた。

「誰がブスだ？　言ってみろ！」

腰に手を当て、ひたすら踏む。

「あたしは、他人にブス呼ばわりされんのが、この世で一番嫌いなんだよ！」

脇腹を蹴り上げる。

男は腹を押さえて、体を丸めた。

「誰がブスだ？ もういっぺん言ってみろ、こら！ ぶち殺してやろうか？」

肩口を踏みつける。容赦がない。

「女の子は女の子ってだけでかわいいんだよ！ 粋《いき》がってんじゃねえぞ、ドチンピラが！ てめえの顔、砕いてやろうか！」

右脚を後ろに引いた。

騒ぎを聞きつけ、ビルから飛び出してきたつばきがりおに駆け寄った。

りおは、つばきに気づいていない。

「二度とあたしに向かって、ブスなんて言うんじゃねえ！」

顔面に向けて、右脚を振る。

つばきがりおの腰に腕を巻いて、引き離した。りおの右脚は空を切った。

「何すんだ、こらあ！」

りおが腰をひねり、右肘《みぎひじ》を振る。

つばきは額を突き出し、肘を受け止めた。

つばきを認めた瞬間、りおが、あっと目を開いた。

「どうしたんだよ……？」

つばきは腕を解いた。あまりの豹変《ひょうへん》ぶりに困惑を隠せない。

と、りおはつばきに抱きついてきた。

「先輩！　怖かったー！」

つばきの胸に顔をうずめ、泣き声をこぼす。

「怖かったって……。あんたのほうがよっぽど怖かったけどね」

丸まって倒れている短髪の男に目を向ける。

通報が入ったのか、パトカーが集まってきた。事故車両を囲み、倒れた男を抱き起こす。つばきとりおの許《もと》にも制服警官が駆け寄ってきた。

つばきはすかさず、ポケットから警察手帳を出し、開いた。中身を確認した警官が敬礼をする。

「椎名さん、これはどういうことですか？」

警官は現場を見回した。

「彩川、どういうこと？」

つばきが訊《き》く。

りおはつばきの胸に顔を伏せたまま、話した。

「先輩がビルの中へ入った後、すぐに追いかけようとしたら、向かいのビルからアンテナみたいなのを運び出してた人たちがいたんで、勇気を振り絞って、職質をかけたんです。そうしたら、突然、その人たちが暴れ出して。必死に抵抗してたら、歩道のところの金髪の人の顔にパンチが当たっちゃって。それを見て、男の人たちが逃げようとしたんで、なんとかしなきゃと思って車を動かしたらぶつかっちゃって。降りてきた人を助けようとして、それで……」

時折、洟《はな》を啜《すす》りながら、声を詰まらせ詰まらせ話す。

「あー、わかったわかった」

つばきは話を終わらせた。そして、制服警官に指示をした。

「現場を検証後、車両を撤去して所轄署の駐車場へ。倒れている金髪と短髪の男は確保して、留置場に。応援を頼んで、逃走した男たちの捜索もお願い」

「承知しました！」

警官が去ろうとする。

「あー、それと、本庁刑事部捜査第三課の杉平警部補に連絡を入れて、この周辺の携帯基地局の状況を調べるよう伝えてちょうだい」

わかりましたと返事をし、警官はパトカーへ駆け戻った。

つばきは警官を見送ると、りおの背中をバシッと叩《たた》いた。

「顔、上げな。泣いてないんだろ？」

「わかりますぅ？」

りおはちらっと顔を上げ、舌を出した。

「すぅ？　じゃないよ。ここは所轄と三課に任せて、戻るよ」

歩きだそうとする。が、りおがつばきを引き寄せた。

「何？」

りおを見下ろす。

「近くのデパートかビルのトイレまで連れて行ってください。メイクとか髪が乱れちゃってるんで」

「知らねえよ」

突き放そうとするが、上着をつかんで離れない。

警察官たちが、ちらちらとつばきとりおを見ていた。

「なんなんだよ、おまえは……」

「すみませーん」

小声で言い、つばきの胸元に顔を伏せて隠す。つばきはりおの肩を抱いて、歩きだした。

それは、周りから見ると、傷ついたりおを支える先輩女性刑事のように映る。

つばきは不本意ながらも、りおを連れ、近くのデパートに入った。

案内板を見ながら、フロア右端にある女性用トイレまで連れていく。

「誰かいます？」

りおが小声で訊いた。

「誰もいないよ」

「そうですかー」

りおはつばきから離れて、顔を上げた。すぐに大鏡に自分の顔を映す。

「あー、もう、やだー。泣いたから、シャドウが取れてるー」

りおは言いながら、コンパクトとティッシュを出し、早速化粧を直し始めた。

つばきは壁にもたれ、腕を組んで、鏡の奥のりおを見つめた。

りおはティッシュを少し濡《ぬ》らして滲《にじ》んだアイラインを取ると、ファンデーションを軽く叩いて、のばし始めた。手際がいい。

アイシャドウが取れたからか、りおの目が少し小さくなった感じがする。

しかし、ファンデーションの厚みを変えてうまく影を作ると、目の大きさが元に戻ってきた。

「いつも、そんなことやってんの？」

つばきは呆《あき》れ顔で訊いた。

「当たり前です。身だしなみですから。椎名先輩は、メイクしないんですか？」

「走り回るのに、化粧はいらないだろ」

「先輩、目鼻立ちがはっきりしてるから、きちんとメイクすると映えるのに。もったいなーい」

りおは話している間に、メイクを整えた。幼稚園で子供を相手にしていた時より、少し地味な印象になった。

「なんか、疲れた感じの顔になってんな」

見たままの感想を口にする。

「いいんですよ。この方が、必死に戦ったって感じが出るじゃないですか」

そう言い、濡らしたティッシュで巻いた髪も少し伸ばし始めた。

「そこまで計算してメイクできるとは、たいしたもんだな」

皮肉を込めて言う。が、りおは「ありがとうございます」と言い、悪びれもせずに笑みを浮かべた。

つばきはため息をついた。

「まあ、いい。しかしなぜ、あいつらに気づいたんだ？」

「あいつらって？」

「あんたがタコ殴りにした連中だよ」

「ああ、あいつらですか？　化粧直ししてたら、たまたま鏡に作業している様子が映ったんで、声をかけてみただけです」

「私の後から来ずに、化粧直ししてたの？」

つばきは呆れて、顔を横に振った。

鏡越しにつばきの様子を見たりおは、コンパクトとティッシュをポケットに入れ、振り向いた。

「だって、先輩が入ってったビルのアンテナ、盗《と》られてなかったじゃないですか。だから、もし、基地局のアンテナを盗んだんだとしたら、そこじゃないなーと思って」

「あんた、私が基地局のことで車を出したの、わかってたの？」

「そりゃあ、わかりますよー。先輩がなんで広報へ来たのかも知ってますし、無線のやりとりを聞いてれば、私だって、ピンときます」

「そう。案外、注意深いんだな」

「警察官ですからっ！」

　にこっとして、顔を傾ける。

　つばきは小さく肩を落とした。

「まあ、いいわ。連中が本丸なら、大きく捜査が進むことになるし。よくやったね」

「ありがとうございますっ！」

　満面に笑みを湛《たた》える。

「しかし、あんたが男を蹴《け》り回すほど強いとは思わなかったよ」

「警察官だから、日々鍛えてます！」

「いいことだ。けど、あの短髪蹴っている時、なんか言ってたな。二度とあたしに向かって、ブ――」

　言いかけた時、りおは近づいてきて、つばきの唇に人差し指を立てた。

「私の前で、その言葉は口にしないでください。我慢できなくなる時があるので」

　急に声のトーンが落ちた。大きな瞳《ひとみ》に殺気をまとった怒気がふっと滲む。

「ああ……わかった」

つばきは少したじろいだ。

同時に、この顔で暴行を受けていたなら、あの男たちは怖かっただろうな……と、多少同情した。

りおはふっと、いつもの笑顔に戻った。

「あー、もう、今日は疲れちゃったな。先輩、合コンは行かないんでー、一緒にご飯食べに行きません？　安くておいしいフレンチのお店、教えてもらったんです」

「いや、私は――」

「いいじゃないですかあ。行きましょう！」

りおはつばきの右腕を抱き、身を寄せた。

なんなんだ、この女は……。

戸惑いつつ、りおのペースに乗せられ、トイレを後にした。

3

吉祥寺で騒動を起こした日から、三日が経っていた。

その日も、つばきは、ピーポくんの着ぐるみで三カ所の幼稚園を回った。もちろん、りおも一緒だった。

りおとはあの夜、食事に出かけた。

おしゃれ好きな女の子が好きそうなきらびやかな店かと思ったら、こぢんまりとした小ぎれいな店だった。

席数は少なく、テーブルも適度に離れていて、少人数で話すにはとてもいい場所だ。出てくる料理も、いかにもフランス料理といった凝ったデコレーションのものは少なく、スッキリとしながらも見栄えのする盛り付けで、オーソドックスながらも舌にたっぷりと満足感が残るおいしいものばかりだった。

ワインも種類が多く、お任せにすると料理に合ったものを出してくれる。

それで、一人五千円弱の値段だった。

その店は、合コンに誘ってくれるＣＡの友達が教えてくれたと、りおは言った。

安くて気取らないが、品のある店を紹介するのなら、悪くない友達なのだろうと思う。また、そういう友達と付き合っているりおは、見た目よりしっかりした女性なのかもしれない。

食事中に話した内容は、ほとんどが、りおの恋愛相談のようなものだったが、その日以来、つばきの中で少しだけ、りおに対する意識が好意に傾いた。

つばきは着ぐるみをロッカー脇の荷台に戻し、自分のロッカーを開いた。

汗臭いＴシャツを脱ぎ、スパッツも脱いで下着姿になる。スポーツブラも取り払って、ショーツ一枚の姿になった。

「わあ、先輩、いつも大胆！」

りおが入ってきた。

「女のロッカールームなんだから、かまわないだろ」

中からタオルを取り出し、汗を拭《ぬぐ》う。

「でも、先輩のカラダって、ほんと、いつ見てもきれいですね。おっぱいは上の方にあって大きいし、腰もギュッとくびれてるし、お尻《しり》も適度に大きいし」

「乳なんて、めんどくさいだけだよ。肩凝るし、谷間に汗が溜《た》まって、気持ち悪いし」

言いながら、大胆に胸の谷間の汗を拭う。

「いいなあ。そのセリフ、一度言ってみたいです」

りおは自分のロッカーを開いた。扉の陰に隠れて、こそこそと着替え始める。

つばきは汗を拭いながら、りおの肢体を覗《のぞ》き見た。

小柄で、胸は大きくないものの、くびれはハッキリしているし、ほっそりと長い脚はまっすぐできれいだ。

何より、肌はよく手入れしているようでみずみずしく、真珠色に輝いている。胸元を隠しながら着替える様は、実にたおやかで、少し傾けたうなじや横顔は女性から見ても美しかった。

つばきはしかし、自分の感想は伝えない。

先日の吉祥寺での一件から、気になっていた。

りおはなぜか、自信がない。

周りの女性よりはかわいく、体のラインをキープする努力もして、肌に磨きをかけ、女子力は抜群に高いにもかかわらず、時折、自信なげな言葉を口にしたり、自らを卑下してみたり。

初めは、かまってちゃんなのかと思ったが、少しずつ、りおを知るにつれ、そう単純なものではないような感じがしていた。

そして、そこは深掘りするようなものでもない気がしている。

誰にでも、胸の奥に押し込めた傷の一つや二つある。そのほとんどは、掘り返さなくてもいいもの。

そのまま胸の奥底に沈殿しているうちに分解され、消えていく。

それでも残る澱《おり》は、いずれ吐き出す時が来る。

その時期を決めるのは、他人ではなく、自分自身だ。

もし、りおが〝澱〟を吐き出したくなった時、自分がそばにいるなら、話くらいは聞いてあげよう。

そう、つばきは思っていた。

ネイビーブルーのブラトップTシャツを頭からかぶり、ジーンズに足を通す。上に薄手の黒いジャケットを着て、財布やスマートフォンをジーンズの後ろポケットに突っ込んだ。

隣のりおも着替えを終えていた。ブイネックの黄色いコクーンシルエットの半袖《はんそで》ワンピースを着ている。ゆったり丸みを帯びたシルエットが、りおの愛らしさを一層演出していた。

「先輩、今日、暇ですか？」

ショルダーバッグを肩にかけ、何度も襟元を確認して、扉を閉める。

「何？」

「これから、法務省の若手とのリモート飲み会があるんですけど、ちょい頭数が足りないので、来てもらえたらなーと思って」

上目遣いにつばきを見やる。

「行かないよ」

つばきはにべもなく断わった。ロッカールームから出て行く。

りおが追ってきた。

「えー、なんでですかー？」

「なんでじゃないよ。なぜ、好き好んで、仕事終わりに上司みたいな連中と飲まなきゃならないんだよ。あいつら、私らを見下して、遊びたいだけだろ」

足早に歩き、残っている広報の職員に挨拶《あいさつ》をして、部屋を出た。

りおも「おつかれさまです」と会釈して、つばきを追いかけてきた。

「先輩、それは偏見です。いろいろ教えてくれるいい人たちですよー」

「デスクであぐらかいてる連中に教わることはないよ」

りおを見ず、廊下を歩いていく。

「待ってくださーい！」

りおはつばきの袖を握った。その手を振り払い歩いていると、前から、髪の毛をきっちりオールバックにまとめたスーツ姿の壮年男性が歩いてきた。

「おー、椎名！」

つばきを見て右手を上げ、駆け寄ってくる。

つばきは一礼した。

刑事部捜査第三課の課長、野田坂文雄《のだざかふみお》だった。

「君は、彩川君だね？」

野田坂が、りおに目を向ける。

「はい。広報課の彩川りおです」

深く腰を折る。

「ちょうどよかった。君たちを呼びに来たんだ」

「私だけでなく、彩川も、ですか？」

「そうだ。今から、三課に来てくれ」

「今からですか？　私は――」

りおが断わろうとする。つばきはあわてて抱き寄せ、口を塞《ふさ》いだ。

「彩川君、用事があるのか？」

「いえ、何もないです。すぐに行きますので」

つばきが言う。

「そうしてくれ。私は広報課長と話をして、すぐ戻るから」

「かしこまりました」

つばきは礼をした。

野田坂はうなずき、広報課の部屋へ入っていった。

それを見届け、つばきはりおの口元から手を離した。りおが大きく息をつく。

「何するんですか！　私は合コンが――」

「こないだの後始末かもしれないよ」

「こないだのって……。吉祥寺の件ですか？」

「そう。あんたが派手に暴れちゃったからねえ。普通に始末書ものだよ」

「そんなあ……」

りおは瞳《ひとみ》を潤ませた。

「私にそんな顔見せても、どうにもならないって」

つばきはりおを見据えた。

「とにかく、問題ごとは迅速に対処したほうがいい。呼ばれたのに顔を出さなかったら、責任を放棄したとみられて、心証が悪くなるよ。それでも、ほっぽり出して、合コンに行く？」

「それは……」

「制服、着られなくなるよ」

「それは困ります！」

　りおが声を張った。

「ちょっと待ってください。友達に連絡入れておきます」

　りおはバッグからスマートフォンを出し、廊下の端に行って、手早くショートメッセージを打ち込み、送信した。

　スマホをしまいながら、ため息をつく。

が、踏ん切りをつけたように顔を上げた。

「行きましょう！」

口を閉じて、廊下をまっすぐ歩きだす。

「どこに行くの？」

「三課の部屋ですよ！」

「こっちだよ」

　つばきは階段を指さした。

　りおは廊下を踏みしめながら戻ってきて、階段を上がった。

　つばきは少し笑い、りおの後ろに続いた。

刑事部捜査第三課の部屋は、三階フロアの東側にあった。階段を上がり、右手の奥へ進む。

つばきには、歩き慣れた通路だ。が、少し離れただけで、妙に懐かしい気分が込み上げてきた。

三課の部屋の前で、りおは立ち止まった。

緊張と不安で、ドアノブに手が伸びない。立ったまま、ドアを睨《にら》んでいる。

「何やってんの。入るよ」

つばきはドアを開き、先に入った。

「椎名、戻ってきたか」

杉平が奥のデスクから声をかけてきた。つばきの同僚や若手も笑顔を向ける。

「課長に呼ばれてきただけです」

つばきは振り向いた。りおはまだ、部屋の外にいた。

「早くおいでよ」

「はい。失礼します！」

りおの声が上擦った。深く礼をして、部屋へ入ってくる。ロボットのようにぎくしゃくした動きだった。

「おお、来たな」

後ろから野田坂が入ってきた。

野田坂に声をかけられ、りおは直立して、固まった。

そして、意を決して振り向くと同時に、地に額がつきそうなほど深々と腰を折った。

「このたびは、私の行き過ぎた単独行動でご迷惑をおかけしました！」

頭を下げたままのりおは、小さく震えていた。

「ああ、その件なら、うちで処理したんで気にしなくていいぞ」

「えっ？」

りおは思わず、顔を上げた。

つばきも目を丸くして、野田坂を見やった。

「課長、どういうことです？」

「明日付けで、椎名はうちに復帰。彩川君にも、三課へ来てもらい、携帯基地局盗難事案の専従捜査をしてもらうことになった」

野田坂の言葉に、つばきとりおは思わず顔を見合わせた。

4

「信じらんない……。私が刑事になるなんて」

りおはつぶやくと、大きなため息をついた。

うつむけた顔を上げると同時に、手に持ったジョッキのノンアルコールビールをごくごくと飲む。そしてまた、大きなため息をつき、うなだれた。

りおは再び顔を起こしてノンアルビールを飲み干し、空のジョッキを掲げた。

「すみませーん！　おかわりくださーい！」

大きな声で店員に頼む。

「おいおい、ノンアルだぞ。酔っぱらってんのか？」

「酔うわけないでしょ！　おかわり！」

「どんだけ、飲むんだよ……」

つばきは、あきれ顔でりおを見つめ、枝豆を口に放り込んだ。

三課での会議を済ませた後、つばきはりおに強引に誘われ、近くの居酒屋に来ていた。

「だってー。刑事ですよ！　私が！」

りおは身を乗り出して、つばきを睨む。

そこに店員がジョッキを持ってきた。りおはジョッキがテーブルに置かれるや否や、すぐ手に取り、半分ほど飲んだ。

手のひらで泡を拭《ぬぐ》って、再びつばきに目を向ける。

「一番、やりたくなかったことなんですもん！」

りおはテーブルにジョッキを乱暴に置いた。液体が揺れ、泡がジョッキの縁からあふれた。

ガンッという音に、周りの客が驚き、つばきたちの卓を見やる。しかし、りおはおかまいなしだった。

「なんで、私が刑事なんかに……」

りおの目に涙が溜《た》まる。

「泣くほどのことか？」

つばきもため息をつき、ビールを少し飲んだ。

居酒屋に入ってからずっと、りおはこの調子だった。

よほど、刑事が嫌らしい。

せめて、話だけでも聞いてやろうと思っていたのだが、あまりの嘆きぶりを見ていて、馬鹿らしくなり、ただただ食事に付き合っているだけだった。

つばきとりおは、明日から逮捕した男たちの事情聴取を始め、関係者への聞き込みなども任されることになった。

杉平たち、三課の刑事ももちろん捜査に加わってはくれるが、この事案の専従捜査員はつばきとりおだけだ。

携帯基地局のアンテナごと盗み取るという大きな事案だけに、三課としても人数をかけて捜査したいところ。

だが、人手が足りない。

窃盗事案は、警視庁管内だけでも、侵入、非侵入窃盗を合わせて、年間八万件近く発生している。

そのうち、規模の大きな事案や特殊な窃盗事案に関して、本庁の三課が捜査しているが、従事している人数で事案数を割ると、一人が数十件の事案を抱えることになる。同時進行的に捜査を進め、犯人が見つかれば、他の事案の捜査はおいて、逮捕に向かう。捜査員たちも、普段は定時で帰れるが、一度事案が動きだすと、休日返上で任務にあたることもしばしばだった。

刑事志望だったつばきは、それも覚悟の上だったが、りおはどうやらそうではないらしい。

理由はなんとなく想像がつくので、りおから話し始めるまで、訊《き》く気はなかった。

しかし、居酒屋へ入って三十分弱。わけも語らず嘆いているだけのりおに付き合っているのも疲れてきた。

「何が嫌なのさ、そんなに」

つばきはつい、訊いてしまった。

りおは待ってましたとばかり、身を乗り出した。

「刑事って、休みないでしょ？」

つばきを見つめる。

「普通にあるよ。被疑者が特定できたり、情報が入ったりしたら、出なきゃならないけどね」

「そこなんですよ、そこ」

りおは身を起こして椅子にもたれ、大きく息を吐いた。

「休みが不安定だと、合コンの予定も入れられないし、せっかく入れたのにドタキャンが続いたら、誘われなくなるじゃないですか。若くて一番いい時を、悪いことをした人を捕まえるためだけに費やすのって、機会損失って感じなんですよねー」

「あんたねえ……」

つばきは額に手を当て、力なく顔を横に振った。

「警察官が犯人逮捕を優先するのは当たり前でしょうが」

「先輩、大事なこと忘れてませんか？」

「何を忘れてるってのよ」

つばきが睨む。

りおは睨み返し、言った。

「私たち、公務員なんですよ」

大真面目な顔をする。

「公務員は、八時に出勤して、五時前に退庁。休日たっぷり、福利厚生も充実。結婚しても続けられるし、何より、国は潰《つぶ》れない」

りおはきっぱりと言い切った。

つばきは開いた口がふさがらなかった。

もう、ここまで来ると、感心する。

つばきはノンアルビールを飲み干して、これまたノンアルハイボールを頼んだ。店員がすぐに用意して、グラスを運んでくる。ハイボールに口を付けたつばきは、りおを見つめた。

「そこまでわかっているなら、もう一つ。警察官は公務員よね？」

「そうです」

大きくうなずく。

「地方公務員法第三十条『すべて職員は、全体の奉仕者として公共の利益のために勤務し、且つ、職務の遂行に当っては、全力を挙げてこれに専念しなければならない』。つまり、私欲は捨て、国民のために働けってこと。だからこそ、私たちは税金で食べさせてもらってる。違う？」

「それはそうですけど……」

「警察官として働いている以上、公共のために犯罪者の検挙に全力を尽くす義務がある。違うかな？」

つばきが言うと、りおはジョッキを握ってうつむいた。

「彩川。刑事が嫌なのは、本当に時間が不規則という理由だけ？」

つばきは少し下からりおの顔を見上げた。

りおが一瞬、目を見開いた。が、すぐにジョッキを傾けて顔を隠し、ビールを含んでごまかした。

「まあいいわ。どうあれ、上の命令は絶対。あんたが嫌だろうがなんだろうが、基地局窃盗の捜査は私たちに任された。専従は責任重大だよ」

「責任だなんて……」

　りおが顔を伏せる。

　つばきはテーブルをバンッと平手で叩《たた》いた。テーブルの皿が揺れる。りおは驚いて背筋を伸ばし、顔を上げた。

　物音に驚いた周りの客が、迷惑そうにつばきたちを見やる。

　つばきは客たちを見回した。目が合っては災難とばかりに、客たちが視線を逸《そ》らす。

　つばきはやおら、りおに目を戻した。

「私たちは逮捕権を持っている。時には、銃を携帯することもある。あんたの言うように公務員ではあるけど、一般職にはない特別な権限を持っているの。特別な権限を持っている者には特別な責任もあるんじゃない？　もっと自覚して。警察官という立場を」

　まっすぐ、りおを見つめる。

　りおはうつむき、押し黙った。

「ところで」

　一声かけ、ノンアルハイボールで喉《のど》を潤す。

「明日、吉祥寺で捕まえた男たちの取り調べをするけど、あんたがメインでやってくれない？」

「私が、ですか！」

りおは顔を起こし、目を丸くした。

つばきが微笑む。

「あいつら、あんたには相当ビビってたからね。私がいろいろ訊くより、あんたが訊いたほうが、案外ゲロするんじゃないかと思ってさ」

そう話し、テーブルにあったゲソ揚げをつまんで口に放り込んだ。

「私、取り調べなんかしたことないんですけど……」

「だったら、経験してみるといい。被疑者が落ちた時は、スカッとするよ」

「……怖くないですか？」

「何が？」

「個室で犯罪者と向き合うわけじゃないですか。もし、相手が暴れたりしたら……」

「大丈夫だよ。女二人で取り調べるわけじゃない。書記官は男性警察官に任せるし、何より、取調室があるのは庁舎の中。暴れようが喚《わめ》こうが、連中に勝ち目はない。万が一の時は、私が盾になってやるから」

「先輩が？」

「かわいい後輩新米刑事に傷を負わせるわけにはいかないからね」

にこりと笑ってみせる。

「かわいい……」

りおははにかみ、ジョッキを両手で握った。

「そう。かわいい後輩だから、大事に育てないとな、と思ってる。まあ、決まったことは仕方がない。事件解決まで、貴重な経験だと思って、がんばってみな。ほら」

つばきはグラスを持って、差し出した。

「明日からの彩川りおの活躍に乾杯だ」

「りおの活躍……」

「そうだ。ほら、ジョッキを上げて」

つばきが促す。

りおは半笑いでおずおずとジョッキを掲げた。

「がんばれ」

グラスとジョッキを合わせる。

つばきはぐいっとノンアルハイボールを飲んだ。

りおは逡巡《しゅんじゅん》していたが、やがて、意を決したように深くうなずき、顔を上げると同時にジョッキのノンアルビールを飲み干した。

花柄のハンカチを出して、口元からこぼれたビールを押し拭《ぬぐ》う。

「私、がんばりますっ！」

「その意気だ。すみません！　同じものおかわり、一つずつ」

店員に声をかけ、りおを見つめる。

意外と単純だな、この子――。

つばきは目を細めた。

5

翌日、取り調べは午前八時半から始まる予定だった。

りおとつばきは、三十分前の八時に第一取調室に入った。

部屋の中央に引き出しのないスチール机があり、パイプ椅子が奥に一脚、手前に二脚並べられている。机にはアクリル板の衝立が置かれている。

ドアを入って左側には、会話を記録する書記担当の男性警察官が控えている。大柄で強面《こわもて》の制服警官だ。

つばきが朝、三課長の野田坂に要請した通りの人物が配置されていた。

「ご苦労様」

つばきは制服警官に声をかけて、中へ入る。

横を見ると、りおがいない。振り向く。

「何やってんの」

「取調室って、初めてなもんで……」

りおの顔は緊張で強ばっている。

「誰でも初めてのことはあるよ。早く入りな」

つばきが促した。

りおは肩をすくめて小さくなり、すり足で入ってきた。

書記担当の警察官を認め、立ち止まって深々と頭を下げる。

「本日は、よろしくお願いしますっ！」

「こちらこそ」

制服警官はりおを見やり、つばきに顔を向けて苦笑した。つばきも笑みを返す。

つばきは机の手前の椅子をずらし、一脚を中央に置いた。もう一脚を右端に引き寄せ、座り、マスクを外す。

「マスクは外して」

つばきが言う。

「どうしてです？」

「相手にも、表情を見るために外させるから。こっちがつけてて、難癖つけられるのも面倒でしょ？」

「あ、わかりました」

りおはマスクを外し、上着の横ポケットに入れた。

「今日はあんたが聴取するから、ここね」

中央のパイプ椅子の座面を叩く。

りおは椅子を見つめ、歩み寄った。そっと引き、浅く腰かけ、膝《ひざ》を揃える。太腿《ふともも》に手を置いて座るりおの姿は、小動物のようだった。

「こらこら。そんな座りっぷりじゃ、舐《な》められるよ」

つばきはりおの背中を平手で叩いた。

りおが前のめりになり、咳《せ》き込む。

「もっと深く座って、背筋を伸ばして」

つばきが横からりおの肩や腰を動かし、座らせる。

りおはぎくしゃくしながらも、つばきが指示した通りの姿勢になった。一回り大きくなったように見える。

「うん、それでいい。相手が来ても、ビビるんじゃないよ」

「はい」

返事が上擦る。

つばきは息をついて立ち上がり、制服警官に歩み寄った。

「これ、資料ね？」

クリップボードを取る。制服警官が「はい」と返事をした。

つばきは資料を持って、りおの下に戻る。りおはきょろきょろと室内を見回していた。

「何やってんの？」

「いや……灰皿もないし、電気スタンドもないんだなあと思って」

「いつの時代の話をしてんのよ。受動喫煙の防止もあって禁煙。電気スタンドや灰皿は被疑者の凶器になるから、ずいぶん前に廃止してる。あんた、ひょっとして、かつ丼で被疑者を落とそうとか考えてないでしょうね？」

じっと見つめる。

りおは目を丸くして、息を呑《の》んだ。黒目が動揺する。

つばきは呆《あき》れて笑みをこぼした。

あまりにも広報以外の職務を知らなすぎる。

まあしかし、無知な点は、徐々に覚えていけばいいこと。

今はりおに、少しでも刑事、警察官としての心構えを叩き込んでいけばいい。

「それと、わかってると思うけど、恫喝《どうかつ》や暴行で聞き出した供述も公判では無効。今日はビデオで録画してるから」

つばきが目で部屋の四隅を見る。

りおがつばきの視線を追った。四隅に小さく光る点のようなものがある。

「取り調べは可視化しなきゃいけなくなったからね。これも善し悪しなんだけど」

つばきは片眉《かたまゆ》を上げた。

「被疑者のプロフィールは頭に入ってると思うけど、まだ時間があるから、もう一度読んでおいて」

クリップボードをりおの前に置く。りおは手に取って、目を通し始めた。

今日、二人が取り調べるのは、吉祥寺で捕まえた派手な金髪の男だ。

名前は安谷《やすたに》武弘《たけひろ》。二十三歳で、今は立川《たちかわ》市に住んでいる。

静岡市内の高校を中退し、十七歳で上京。二年前まで、電気機器関係の設営工事を請け負っている小さな会社に勤めていたが、取引先の担当者とトラブルを起こして解雇されたところまではわかっていた。

「電気関係ということは、基地局にも精通しているということですよね？」

りおが資料に目を向けたまま訊《き》く。

つばきはりおの横顔を見た。だいぶ落ち着いてきたのか、いつもはとろっとした目つきが凛々《りり》しくなっている。

「そうとは限らないけど、枠の構造や配線に関しては詳しいんだろうね」

「会社をクビになって、二十一歳からの二年間、何をしていたんでしょうね？」

「そこを聞き出すのは、あんたの役目」

「わかりました」

りおは言うと、制服警官から赤ペンを借り、チェックやメモをし始めた。

つばきがうなずく。

「いい心がけね。ちなみに、聴取中にメモを取る時は気をつけて」

「なぜです？　あ、被疑者にペンを奪われたら、凶器になるかもだからですか？」

「そういうこと」

つばきは微笑んだ。りおがうれしそうに頬を緩ませる。

と、取調室のドアがノックされた。りおはびくっとして背筋を伸ばし、座り直した。

つばきはクリップボードから資料を外してりおの手前に置き、立ち上がって壁掛け時計を見やった。取り調べ開始予定時刻の五分前だった。

制服警官にクリップボードを返しつつ、ドア口を見やる。

ドアが開いた。留置場担当の警察官が安谷を連れてきた。安谷の両手首には手錠がかかっている。

「ほら、入れ」

留置場担当警察官が安谷を促す。

安谷はマスクを外していた。顎《あご》を上げ、だるそうに足をすりながら入ってくる。

つばきを認め、睨《にら》みつける。つばきも静かに、安谷を見返した。

警察官が安谷を部屋の奥へ連れてきた。安谷は座っているりおを見た。瞬間、少し目を見開き、顔を強ばらせた。

が、りおが緊張して硬くなっている様を見ると、片笑みを滲《にじ》ませた。

つばきは机に戻り、安谷を見据えながらりおの隣に座った。

警察官が手錠を外す。

「よろしくお願いします」

つばきとりおに声をかけ、部屋を出る。

ドアが閉じた。空気が張り詰める。

りおは目を伏せていた。つばきはりおの二の腕を肘《ひじ》で軽く突《つつ》いた。びくっとして、顔を上げる。

安谷と目が合った。安谷は首を傾け、りおを睨みつける。りおは気圧《けお》されないようにと安谷を見返しているが、極度の緊張ぶりは隠せない。

安谷は余裕の笑みを浮かべ、浅く座って背もたれに仰《の》け反った。

つばきは安谷の態度に苛立《いらだ》ったものの、黙ってみていた。

「八時半になりました」

書記担当の警察官は時刻を告げ、録画を始めた。

「でっ」

りおの声がひっくり返る。りおは咳払《せきばら》いを一つして、呼吸を整え、改めた。

「では、始めます。あなたのお名前は、安谷武弘さん。現在、二十三歳で、立川市内在住。間違いありませんか？」

安谷を見やる。

安谷はにやにやしたまま、答えない。

予想外の反応に、りおは戸惑い、手元に視線を落として、所在なげに資料をぱらぱらとし始めた。

安谷がますます冷ややかな目でりおを見つめる。

もう、ダメか――。

つばきが口を開こうとした時、書記の机からマウスが落ちた。

いきなりの大きな音に、りおと安谷がびくりと跳ねる。

「すみません、失礼しました」

男性警察官はマウスを拾う。そして、顔を上げる時、安谷をグッと睨んだ。

安谷の笑みが引きつる。

りおは逆に落ち着きを取り戻し、資料をトントンとまとめて、改めて安谷と向き合った。

「安谷武弘さんですね？」

「ああ……」

安谷は背を向けた男性警察官をちらりと見て、答えた。

つばきは安谷の様子を見ながら、性格を測っていた。

「あなたには、携帯基地局の窃盗容疑がかけられています。認めますか？」

「さあ、なんのことだか」

安谷はとぼけた。

男性警察官が座り直し、椅子が鳴る。安谷の視線がまた、男性警察官に向いた。仰け反っていた安谷は体を起こし、深く座り直した。

こいつ、典型的な、弱い者には居丈高で強い者にはへつらう男のようだな。

つばきは、心の中で小さくうなずいた。

「あそこで何をしていたのですか？」

りおが訊いた。

「俺は個人で電気工事を請け負ってる。頼まれたから、仲間を集めて工事しただけだ」

「誰に頼まれたんですか？」

「知らねえよ」

「知らないわけがないでしょう？」

りおは今日初めて、安谷に厳しい目を向けた。が、安谷はしらっとして見返している。

「発注先のことを教えてください」

りおが訊く。

安谷はそっぽを向いた。

「教えなさいっ！」

りおは強い口調で言おうとした。が、力が入り過ぎたのか、言葉《ことば》尻《じり》が上擦った。

「なんだ、いっ！ってのは？ 情けねえなあ」

安谷が笑い声を立てる。

りおは赤くなって、うつむいた。

つばきは安谷に悟られないように、小さくため息をついた。

少し余裕を取り戻したのか、安谷の背が、また反ってきた。

「ちゃんと訊いてくれねえと、話しようがねえ。いっ！　とかいうの、やめてくれよな。あんま不細工な声出されっと、笑っちまうからよ」

安谷が増長する。

そろそろ助け船を出そうか……と思った時、りおがいきなり、机の天板をバンッと叩《たた》いた。

安谷の尻が跳ねた。思わず、背筋を伸ばして座り直す。

顔を上げたりおは天を仰いで大きく深呼吸をし、ゆっくりと安谷に視線を戻した。

「誰が不細工だって？」

りおの目尻が吊《っ》り上がっている。

安谷の笑みが強《こわ》ばった。

「ナメんじゃねえぞ、チンピラが！」

もう一度、天板を叩く。アクリルの衝立が揺れる。

安谷は椅子が倒れそうになるほど、飛び上がった。

まずい！

つばきはりおを落ち着かせようと、二の腕を握ろうとした。

が、りおはつばきを見ず、その手を振り払い、腰を浮かせた。天板に両手をつき、身を乗り出して安谷を見下ろす。

安谷は椅子ごと傾け、背を反らした。

「てめえは事実をしゃべりゃいいんだ。今度、不細工なんて言いやがったら、その口に指突っ込んで引き裂いちまうぞ。わかったか？」

りおの目が血走る。

安谷は豹変《ひょうへん》ぶりにおののいた。

「わかったのか、チンピラ！」

「はい！　すみませんでした！」

安谷は太腿《ふともも》に両手を置いて上体を直立させ、歯切れよく返事をした。

りおは睨んだまま椅子に戻った。座り直して目を閉じ、もう一度深呼吸をする。ゆっくりと目を開ける。先ほどまでのキレた猛獣のような目の色は失《う》せ、元のりおの目に戻った。

つばきは男性警察官の方を見た。その指が、録画装置のボタンに触れているのを認めた。

りおが豹変した瞬間、録画を止めてくれたようだ。

つばきは目礼をし、うなずいた。男性警察官もうなずき返し、録画を再開した。

りおがおもむろに口を開いた。

「もう一度、お聞きしますね。あなたに仕事を依頼した人、もしくは会社の名前を教えてください」

「ホントに知らねえんだって……」

安谷が言う。りおの目が鋭くなりかける。

「マジだって、マジ！」

安谷はあわてて、両手のひらをりおに向けて振った。

「サイトで仕事を請け負ったんだ」

「サイトって？」

つばきが訊《き》いた。

安谷は他の者から声をかけられ、ホッとしたように強ばった表情を緩めた。つばきに顔を向ける。

「マッチングサイトってのがあってさ。俺みたいにフリーでやってるヤツと人手がほしい会社を引き合わせるところがあるんだよ。どうせ、あんたら調べてるだろうからわかってると思うけど、俺、二年前に電気工事の会社を辞めてから、ずっとネットで電気工事関係の仕事請け負って、食ってたんだ」

「工事の仕事だけ？」

「この頃はな。どこも人手が足りねえんで、けっこういい手間賃くれるところが多くてな。辞めた頃は、工事関係の仕事だけじゃ食えなかったんで、飲み屋とかでバイトしてたけどよ」

安谷は素直に語った。

「マッチングサイトの名前かＵＲＬわかる？」

「一番使ってたのは、ガテンマッチというサイト。建設関係の仕事を紹介しているところだよ」

安谷が言う。

つばきは男性警察官を見た。男性警察官はうなずき、すぐ、手元のノートパソコンで検索した。

「ありました」

男性警察官は言い、ノートパソコンをつばきの下まで持ってきた。

つばきは受け取り、机に置いて、画面を見せた。

「これ？」

「そう、これ」

「他は？」

「あとは、電気関連だけをマッチングさせるところとか、普通の日雇い紹介をしているところとか。検索したらいっぱい出てくるから、そこで割のいい仕事を探して、そのつど契約してたんだよ」

「マッチングサイトだけ？」

「ツイッターなんかでもあったよ。ただ、SNS経由の仕事はヤバそうなのが多いんで、あんまり請けなかったけど」

「今回の仕事は、どこで見つけたの？」

「触っていいか？」

安谷がノートパソコンを見やる。

つばきはうなずき、安谷の前にパソコンを差し出した。そして、安谷の後ろに回る。

安谷はつばきを肩越しに見上げ、りおや男性警察官を一瞥《いちべつ》すると、キーを叩き始めた。

検索する。

「あれ？」

安谷は何度も検索をしながら、首をかしげた。

「おかしいなあ……」

「どうしたの？」

つばきは後ろから声をかけた。

「いや、なくなってるんだよ、サイトが……」

「ほんとにあったの？」

りおが睨《にら》む。

「マジだって！　いや、ホントです。あったんですよ、携帯基地局の撤収って仕事が！」

安谷はなぜか、りおには敬語になっていた。

つまり、安谷がりおを〝上〟と認めたということ。安谷の性格からして、上と認めた者に嘘はつかない。

「仕事の依頼はメール？」

つばきが訊く。

「いや、サイト上のメッセージでやりとりしてたんだ」

「パソコン？」

「スマホだよ」

「そう。彩川、ちょっと出るから、その間にいろいろと訊いといて」

つばきが言うと、りおの黒目が一瞬不安げに揺れた。だがすぐに凛《りん》とした眼力を取り戻し、首肯した。

「任せてください」

「頼んだよ」

つばきは言うと、後ろから安谷の肩に手を回し、耳元に顔を近づけた。

「二度とうちの彩川をからかわないようにね。ブチ切れたら、後ろの男性警官も止められないくらい怖い。素直に話しゃ、この部屋から無事に出られるからさ」

つばきの言葉に、安谷は息を呑《の》んで、小さく何度もうなずいた。

第2章

1

取調室を出たつばきは、保管庫に寄って安谷のスマートフォンを受け取り、庁舎五階のサイバー班が入るフロアに出向いた。

なんとなくわさわさとした雰囲気のある刑事部のフロアとは違い、整然として落ち着いた空気が流れている。

エレベーターを降りて廊下を進み、中ほどにあるドアを開けた。

室内にはオープンスペースのブースが並び、各ブースにパソコンが置かれている。

ドアが開いたにもかかわらず、作業中の職員は振り向きもせず、モニターを見つめていた。

つばきは開いたドアにもたれ、コツコツとノックした。

手前の職員がノックに気づき、顔を上げた。

「ああ、椎名さん。お疲れさまです」

若い男性職員が笑みを浮かべた。

「相変わらずね。蘭子《らんこ》、いる？」

「一《いち》ノ瀬《せ》さんなら、奥のブースに張りついてますよ」

男性職員はフロアの最奥に目を向けた。

「ありがとう」

つばきは微笑み、歩きだした。

オープンスペースの右手に、分厚いアクリルの壁に仕切られた場所がある。

一つのブース内は広く、大きなテーブルに何台ものパソコンとモニターが置かれている。

ここは主に、解析を行なうところだ。その道に精通した捜査員が、ダークウェブや容疑者から押収した通信機器の分析をしている。

つばきは奥から三番目のブースに近づいた。

眼鏡をかけた女性が猫背になって、右手にマウス、左手にサンドイッチを持ってモニターをじっと見つめている。

「何、見てんの？」

「今、話しかけないで」

女性はつばきに見向きもせず、強い口調で言った。

つばきは小さく息をついて、パーティションにもたれ、作業の様子を見つめた。

女性は、一ノ瀬蘭子という。

つばきとは警察学校の同期で、地域課の勤務を経て、サイバー班に配属された。趣味はゲームと愛猫との添い寝、好きな場所は自宅のベッドという見事なインドア派なので、四六時中ブースにこもってモニターと睨み合う仕事は性に合っていると公言している。

正装すると、男性陣が振り返るほどの美人でもあるのだが、髪はぼさぼさで化粧っ気もなく、色気というものにまったく興味がないようだった。

蘭子がマウスをいじるたびに、画面上の矢印ポイントが動き回る。

つばきには手持ち無沙汰《ぶさた》でいじくっているだけにしか見えないが、蘭子いわく、見るところは見ているのだそうだ。

「あー、これか」

蘭子はつぶやき、サンドイッチをぱくっと食べた。

「終わった？」

声をかける。

「うん、いいよ」

蘭子は残りのサンドイッチを口に詰め込み、冷めきったコーヒーで流し込んだ。手のひらで口を拭《ぬぐ》って顎にひっかけたマスクをし、空いた方の手で前髪を梳《す》き上げ、椅子ごと振り向く。

「何を調べてたの？」

「暗号資産の流れ。こいつがポイントだったのよ」

蘭子はマウスを操作して、文字列の一ヵ所を白黒反転させた。

「取引所の所在が転々としてて、つかめなくってさ。でも、大きな金を動かす時は、必ず、メジャーなところで交換してるはずなのよ。このＣＤａＥ１３５９７２というのが、ダミーでね。本当はこっちのＬＥ３９ｏｉＰｍ６６３というのが――」

「ごめん。何言ってるのか、わかんない」

つばきが苦笑する。

「まあ、ようするに、ダミーのアドレスを使って、ダークウェブを転々として目くらましかけて、最終的にはシンガポールの取引所で売買してたっていうわけ。ここまでわかれば、あとは他の人たちで追えるわ」

「そう。さすがね」

「基本とセンスよ」

蘭子はマスクをずらし、マグカップを取って、残ったコーヒーを飲み干した。

「で、何？」

「これ、調べてほしいんだけど」

つばきはスマートフォンを差し出した。

「誰の？」

「こないだ、吉祥寺でパクった金髪男のやつ」

「あー、あんたが派手にやらかしたやつね」

蘭子は笑いながら受け取る。

「やらかしたのは、彩川だよ」

「彩川って、広報の彩川りお？」

「そう」

「あの子が、車壊したり、容疑者ぶん殴ったりしたわけ？」

蘭子が目を丸くする。

つばきはうなずいた。

「信じらんないなあ。あざといだけが取り柄の女だろ？」

「私もそう思ってたけど、おもしろい顔も持ってるみたい。今度、三人で家飲みしようよ」

「私はいい」

くるりと椅子ごと回り、背を向ける。

つばきはデスクの脇に立った。

「このスマホの中身を全部調べてほしいんだけど、特に、求人関係のデータを探してほしいんだ」

「携帯基地局の関係？」

「そう。つかまえた金髪、今は消えてるサイトで仕事を請け負ったと言ってるのよ」

「あー、典型的な裏関係だね」

話しながら、スマホにＵＳＢケーブルをつなぐ。

キーボードを叩《たた》いて、スマホの中からデータを吸い上げ、モニターに表示した。

画面をスクロールして文章の交ざった文字列を眺め、モニターに目を向けたまま言う。

「ざっと見た感じ、きれいに消されてんね。いいプログラムだ」

「見つかりそう？」

「痕跡《こんせき》は残ってると思うんだけど、特定は難しいかもしんないね」

「あんたでも？」

「神様じゃないからさ」

蘭子は言い、いったんスマホからＵＳＢケーブルを抜いた。

「急ぎ？」

「できれば」

「なら、明日《あした》の昼までにやっとくよ」

「助かる。ランチ、おごるわ」

「ラッキー。じゃあ、また明日」

蘭子は素っ気なく右手を上げ、他の作業を始めた。

つばきは笑みをこぼし、立ち去った。

2

午前の取り調べを終え、つばきはりおと共に同じフロアの小会議室で昼食を摂《と》っていた。

二人の前にあるのは、りおのリクエストの中華弁当だ。庁舎の近所にある中華料理店が新型コロナウイルス感染症対策の関係で始めたテイクアウトランチボックスなのだが、これがなかなかおいしい。

二人とも、エビチリとチンジャオロースの弁当を広げていた。

つばきはおかずとごはんをせっせと口に運んでいる。が、りおは蓋《ふた》は開けているものの、箸《はし》を握ったまま食べようとしない。

「早く食べな。時間ないよ」

つばきが促す。

「わかってるんですけどねー」

りおはエビチリに箸の先を付け、深くため息をついた。

午前中の取り調べは、ほぼ、りお一人で進めた。

つばきは他の逮捕者の供述も集め、関係部署を回って協力を取り付けた。

安谷たちの話を聞く限り、彼らは単に割のいい仕事を請け負っただけで、撤去したアンテナがどこにどう捌《さば》かれるのかはまったく知らないようだった。

特殊詐欺と同じ手口に映る。

掛け子や受け子を細かく分け、顔を合わせず指示だけ出し、犯罪行為に加担させる手法。これまでは特殊詐欺で使われることがほとんどだったこの方法論が、他の犯罪にまで広まってきているとすれば、厄介だ。

金は安谷が前金で半分受け取っていた。受け渡しは、品川《しながわ》駅のトイレを使って行なわれたそうだ。

今、安谷が金を受け取ったというトイレ前の防犯カメラ映像の入手と解析を依頼している。

安谷たちが撤去した資材は、車に載せたまま引き渡すことになっていた。場所は、撤去完了後に指示すると言っていたそうだが、安谷のスマホに、それらしき連絡は来ていない。

報道で吉祥寺の騒ぎを知ったか、もしくは、現場近くで事の成り行きを見ていた者がいたか。いずれにせよ、安谷に仕事を依頼した何者かは、危険を察知し、彼らを見捨てたとみたほうがいいかもしれない。

つばきは念のため、逮捕現場周辺の防犯カメラ映像を集め、当時、現場にいた人たちを特定するよう協力要請していた。

安谷から一連の流れを聞き出したのは、もちろん、りおだった。

午前中の段階で逮捕者から詳細を聞き出せたのは立派なものだ。初めての取り調べとしては十分に合格点だ。

また、安谷が不用意な発言をしてキレたのかとも思ったが、記録係の男性警察官に訊《き》いてみるとそうではなく、落ち着いた様子で話を聞き、質問し、的確に事案の要点を聞き出していたという。

安谷がりおに怯《ひる》んでいたとはいえ、犯罪者は恫喝《どうかつ》だけでは決して口を割らない。必要なのは信頼を得ることだ。

りおはわずか数時間で、安谷から信頼を得たということ。聴取の得意なベテランでも、初めからうまく供述を引き出したという例は聞かない。

昨日、野田坂からりおも三課の専従捜査に加えると聞かされた時、とてもりおに刑事が務まるとは思わなかったが、案外、向いているのかもしれない。

しかし、当の本人は、ため息をついてばかりだ。

「どうしたんだよ。話してみな」

つばきは言った。

聞きたくはない。が、気落ちしたまま、午後の取り調べに向かえば、せっかくいい雰囲気で進んでいた取り調べが滞るかもしれない。

りおを乗せて、今日中に取り調べは済ませたかった。

「初めは、どうしようもない悪いヤツだと思って話を聞いてたんですけど、彼の生きてきた境遇を聞いてるうちに、なんだか悲しくなっちゃいまして……」

「どんな話だったんだ？」

「彼は――」

りおがぽつぽつと話し始めた。

安谷は母子家庭で育った。父親の顔は知らないそうだ。

幼い頃から、母親はほとんど家にいず、いつも菓子パンばかり食べていたという。

時々、地域のボランティア団体が運営していた、今でいうこども食堂で食べる温かいごはんは、たまらないご馳《ち》走《そう》だったと話していた。

そのような状況ながら、子供心に高校だけは出たいと思い、中学生になるとアルバイトを始め、こつこつと貯めた金で進学したそうだ。

しかし、母親はまったく家に金を入れず、安谷が稼いだ金まで使うようになり、ついには学費が払えなくなり、高校を中退した。

安谷は中退を機に、母親から逃げるように上京し、知り合いを通じて、電気工事会社に就職した。

仕事自体は嫌いではなかったという。

しかし、取引先の相手に自らの生い立ちを話すと、下に見られ、事あるごとに無茶な要求をされたり、馬鹿にされたりしていたという。

そしてある日、我慢できなくなり、相手を殴った。

社長は事情は汲《く》んでくれたものの、相手が重要な取引先の担当者で、安谷を辞めさせない限り、今後の取引は停止すると脅してきたせいで、辞めさせられることになった。

その後、安谷はとにかく生活のために働いた。

学歴もなく、暴行で会社をクビになったせいもあり、まともな職には就けず、夜の街や怪しげな会社を転々とした。

そうした生活を続けていくうちに、質《たち》の悪い人間とも付き合うようになり、やさぐれていったという。

「なぜ、そういう人たちとの付き合いをやめなかったのかと訊いたんですよ。なんて言ったと思います？」

「そっちの方が楽だったから、じゃないの？」

つばきが言った。

りおはつばきを見つめた。

「優しかったんだと言ってました」

「優しかった？」

「はい。世間の誰もが相手にしてくれない中、周りからは質が悪いと言われる人だけが、自分の話を聞いてくれたし、自分にごはんを食べさせてくれたり、遊んでくれたりしたと。なんだか、じんわりきちゃって……」

「よくある話じゃない。ヤクザなんかは、そうやって若い子をたらしこむしさ」

「先輩、そういう人と会ったことあるんですか？」

「まあ、刑事をやってりゃ、そんなヤツばかりと向き合ってるわね」

「そうじゃなくて。先輩の周りに、そういう人はいますか？」

りおの語気が強くなる。

「いや、いないけど……」

つばきは気圧《けお》され、お茶を飲んだ。

「よくある話って、みんな言うけど、周りにそういう人がいたって話はほとんど聞かないじゃないですか。それって、話では知ってるけど、実際は知らないってことだし、もっと言うと、近くにいるのに見ないふりしていたり、遠ざけたりしているってことですよね。彼もそうだったんだなあ、と思って」

「彼も？　安谷みたいな人があんたの周りにいたの？」

つばきはりおを見つめた。

りおは箸をぎゅっと握り締めた。一瞬、顔が強《こわ》ばる。が、すぐに笑顔を作った。

「やだなあ。私の周りに、安谷みたいな男がいるわけないじゃないですか。ただ、彼がかわいそうだなと思っただけで。食べよっと」

りおはそのまま弁当を食べ始めた。

ふうん……なんかあるね。

つばきは目を細め、りおを見つめた。

3

午後からの取り調べも順調に進んだ。

午後はつばきも取調室に詰めていたが、安谷が無理やりしゃべらされているという雰囲気はなかった。

むしろ、自分から進んで話している様子さえ見受けられる。

りおもリラックスした感じで、時折、雑談を交えながら事情を訊いていく。

まるで、長年付き合っている異性の友達のような空気感だった。

午後三時半ごろ、取り調べは少し早めに終わった。

りおは手元にあった用紙を整え、安谷を正視した。

「安谷さん。知らなかったとはいえ、罪に問われるとは思いますが、きっちりと反省して、罪を償って、社会復帰してくださいね」

「そうだな」

安谷は自嘲《じちょう》した。

「世間は冷たいものだけど、ちゃんと生きていれば認めてくれる人は必ず現われます。我慢しなきゃいけないことも多いけど、自分のためと思ってがんばってください」

「わかったよ。ありがとう」

安谷は素直に礼を言い、笑みを滲《にじ》ませた。

留置場担当の警察官が入ってきた。安谷の両手首に手錠をかけ、腰に捕縄を回して、部屋から連れ出す。

つばきは取調室を出て、安谷を追いかけた。

「ちょっと待って」

廊下で呼び止める。警察官と安谷が停まった。

「ちょっといいかな？」

「何？」

安谷はつばきを睨《にら》んだ。

「あんた、ずいぶん素直に彩川と話をしてたけど、なんで？」

「なんでって、訊かれたことに答えてただけじゃねえか」

「そうじゃなくて、なぜ、友達みたいに話してたの？ 怖かったから素直に話した？」

「ちげーよ。まあ、最初はビビったけど」

安谷は苦笑し、思い出すように斜め上に顔を向けた。

「なんだろなあ。なんか、わかってくれそうっていうか、似たようなニオイがするっていうか……」

「似てる？」

「いや、あんな女の子が俺に似てるわけねえんだけど」

安谷がつばきを見やる。

「言わねえでくれよ。また、キレられるとたまんねえから」

「言わないよ」

つばきが笑う。

「あ、これは言っといてよ。不細工とか言って悪かった。あんた、めっちゃかわいいよって」

「自分で言えば？」

「不細工という言葉を出した途端に、また、やられそうだから」

心なしか、安谷がりおの話をする時は、優しい顔になっている気がする。

立ち話をしていると、廊下にぼさぼさ頭の女性が姿を見せた。

「あー、いたいた」

蘭子だった。タブレットを手にしている。蘭子はつばきを認め、歩み寄ってきた。手錠をかけられている安谷に目を向ける。

「金髪。あんた、こないだ吉祥寺で捕まった人？」

「だったら、悪いかよ」

蘭子のぞんざいな口ぶりに気色ばむ。

「もう時間？」

つばきを見やる。

「まだ少し大丈夫だけど」

「よかった。ちょっと取調室に戻って」

蘭子が安谷の腕をつかむ。

「なんだよ！」

安谷は怒鳴り、体を振って手を払った。男性警察官が肩を握って制する。

蘭子は気にするそぶりも見せず、取調室へ入った。

つばきは安谷の二の腕を軽く叩《たた》いた。

「悪いね。あいつ、あまり人付き合いがうまくないんだよ。すぐに終わると思うから、戻って」

「何もしゃべらねえぞ」

「黙秘する権利はあるから、好きにして」

つばきが促す。

男性警察官に肩を押された安谷は、渋々、取調室へ戻った。

記録係の制服警官とメモの整理をしていたりおは、次々と入ってくるつばきたちを見て、きょとんとしていた。

「どうしたんですか？」

「こいつが安谷に話があるんだって」

蘭子を目で指す。

「あ、こいつ、サイバー班の一ノ瀬蘭子。私の同期なのよ」

「そうだったんですかあ。いきなり入ってきたんで、どちらの方かと思っていました。はじめまして。広報……いや、今は刑事三課の彩川りおです。よろしくです」

ぺこりと頭を下げる。

蘭子は一瞥《いちべつ》して、さっきまでりおが座っていた椅子に腰を下ろし、タブレットを置いた。起動させ、黙々と操作を始める。

りおはつばきに歩み寄った。

「私、何か失礼なことしました？」

小声で訊《き》く。

「元々不愛想なヤツだから、気にしなくていいよ。安谷、そっちに座って」

つばきが指示をする。

安谷は男性警察官に連れられ、奥の席に戻った。男性警察官が手錠を外そうとする。

「いいよ。すぐ終わるんだろ？」

大きく息をついて、両脚を開き、深く椅子にもたれる。

「何？」

蘭子を睨んだ。

「あんたが仕事を依頼されたサイトって、これ？」

蘭子は気にせず、画面を見せた。

「あっ、それだ！」

安谷が身を乗り出した。

サイト名は〈コーガク1デー〉。黒い背景に入口が一つしかない、いかにも怪しげなサイトだった。

「まだ、あったのかよ」

「もう、サーバからは消えてるよ。ウクライナのサーバだったね」

蘭子が言う。

「じゃあ、この画像は？」

つばきが訊いた。

「あんた、いい仕事したね。いったん、スクショで保存したんだろ？」

蘭子は眼鏡を押し上げながら、安谷を見やった。

「手元が狂って、スクショしちまったんで、すぐ削除したんだけど。残ってんだな、データって」

「内部保存したデータを消すには、本体を破壊するしかないんだよ。でもまあ、おかげで正体は少しだけ見えた」

「どうやって調べたの？」

つばきが訊いた。

「この写真データの中に情報が残ってたんだよ。それをたどったら、ウクライナのサーバに行きついたというわけ。そこから先はわかんないし、サーバの設置者情報を得るのも無理だと思うけどね。でも、このサイトいいヒントをくれたよ。似たような求人サイトが裏にはいっぱいあってね。試しに、ウクライナのサーバを使っていたサイトを調べてみたら、怪しいのがわらわら出てきた」

蘭子は話しながら操作し、ＩＰアドレスから割り出した裏求人サイトの一覧を表示した。

「知ってるの、ある？」

画面を安谷に向ける。

安谷は目を通し始めた。

つばきは留置場担当の男性警察官に目で合図をした。男性警察官はうなずき、安谷の捕縄と手錠を外した。

安谷は指で画面をスクロールしながら、並ぶ裏求人サイトの名前を確認した。

「えーと、これと――」

指をさす。

「知ってるサイト名をタップしてくれたら色が反転するから」

蘭子が指示する。

安谷はスマホを操作するようにポンポンとタップしていった。

「このぐらいかなあ……」

再度、スクロールして確かめようとする。

が、蘭子は手を伸ばして、タブレットをひったくった。

「何すんだよ！」

「もういいよ。ありがとう、助かった」

蘭子はぶっきらぼうに礼を言った。

安谷はうれしかったようで、少し頬を緩ませる。しかしすぐ、ふてくされたような表情を覗《のぞ》かせる。

褒められることに慣れてないんだな、こいつ……。

罪を犯してしまう人の多くは、素直に感情を表わすことや感情を的確に処理することがとても苦手だ。

りおに似たようなニオイを感じるというのは、そうした部分かもしれない。

りおも、あまり感情表現がうまいようには見えない。

蘭子は周りに挨拶《あいさつ》もせず、部屋を出た。蘭子もまた、感情を素直に表わせない人種だ。

そんなのばっかか、私の周りは――。

独り、思いつつ、自分のことを思い返し、心の中で苦笑した。

蘭子を追って、部屋を出る。

「何かわかったの？」

声をかけると、蘭子は立ち止まって振り向いた。

「それはこれから。明日の午前中にはいろいろわかると思う」

「じゃあ、ランチ食べながら話しよう。彩川、連れていっていい？」

「あんま、よろしくないけど、仕方ない。個室にしてね。込み入った話があるかもしれないから」

「わかった。よろしくね」

つばきが言うと、蘭子は背を向けて右手を上げ、去っていった。

一つ息をついて、取調室へ戻ろうとドアノブに手をかける。少し開くと、中から安谷の声が聞こえてきた。

「お、怒らないで！」

「あいつ、また――」

入ろうとした時、安谷の次の言葉が聞こえてきた。

「あのさ……吉祥寺でも、取り調べ始める前も、ブスとか言って……あ、怒らないでよ！　侮辱するようなこと言って、すみませんでした」

ドアの隙間から、中を覗く。

安谷はりおの前で深々と腰を折っていた。

りおは安谷をきつい目で見下ろしていた。けれど、まもなく笑みを浮かべた。

「もう、気にしてませんから。でも、私だけじゃなくて、他のどんな人に対しても、小馬鹿にするようなことは言わないでくださいね。その人自身、どうにもできないこともありますから」

「はい、気をつけます」

「ありがとう」

りおが言う。

安谷はまたうれしそうにはにかんだ。そして、蘭子の時とは違い、その後、ごまかすようなそぶりを見せない。

安谷を見つめて微笑むりおの姿は、聖母のような佇《たたず》まいだった。

この子、思った以上かも……。

つばきは目を丸くして、わざとドアを大きく開け、中へ入った。

「安谷、協力してくれてありがとな」

つばきが言う。

「あのくらいだったら、かまわないよ」

安谷は笑みを見せながら返す。まるで友達に返事をしているようだ。

自ら両腕を伸ばし、手錠を要求する。担当警察官は手錠と捕縄を付け、安谷を連れていった。

「お疲れさん」

りおの腕を叩《たた》く。

りおは口をすぼめて大きく長い息を吐いた。

「大丈夫でした？」

不安げにつばきを見やる。

「立派なもんだ。ですよね？」

記録係の制服警官に顔を向ける。

「ええ、たいしたものですよ。私もいろんな方の取り調べに立ち会いましたが、初めてでここまで被疑者の信頼を勝ち得る人は見たことがありません。すごいです」

「すごいだなんて……」

りおが頬を染める。

つばきはりおの背中を叩いた。りおが前のめりになって、咳《せ》き込む。

「ほら、ポッとしてる場合じゃない。安谷の供述の裏取りやら、協力要請中の他部署の捜査結果の分析やら、たくさんやることがあるんだ。行くよ」

もう一度、背中を叩き、先に取調室を出る。

りおは記録係の制服警官に頭を下げ、つばきの後を追った。

4

翌日の昼すぎ、つばきはりおを連れて、本庁の近くにあるイタリアンレストランに来ていた。

蘭子のリクエスト通り、個室を取り、当人を待っていた。

「遅いですね……」

りおがスマートフォンの画面を見た。予約は十二時半。もう、午後一時を回っている。

「あいつ、一度解析に入ったら、食事も忘れることがあるからねえ。メッセージ、入れとくか」

つばきもスマートフォンを出した。ショートメッセージを入れようとする。

と、ドアがノックされた。

「こちらです」

男性従業員の声がしてドアが開く。

蘭子が入ってきた。大きなショルダーバッグを抱え、席に着く。

「ごめんなー。ちょっと急ぎの解析が入っちまってさあ。頼んだ？」

「まだだよ。あんたを待ってたんだ」

つばきが言う。

「先にやっといてくれてよかったのに。まあいいや。私、ペペロンチーノとマルゲリータでいいよ。あ、それとグラスの白ワインを一つね」

「仕事中だぞ」

「気つけに一杯入れた方が、頭が冴《さ》えるんだよ。運転するわけでもないんだし、内勤だし、いいじゃん」

「やめときなって。この頃はコンプライアンスがうるさいからさ。ていうか、緊急事態宣言中だから店は酒を出せないよ」

つばきがやんわりと諭す。

「マジか。めんどくさいなあ。何でもかんでも、型に嵌《は》めりゃあうまくいくってもんでもないんだけどな」

ぶつくさ呟《つぶや》いた後、蘭子はグラスワインをノンアルコールビールに変えた。

「じゃあ、私はジェノベーゼで」

りおが注文する。

蘭子はちらっとりおを見て、すぐそっぽを向いた。

「私はカルボナーラ。彩川、飲み物は？」

「アイスティーで」

「そう。じゃあ、アイスティーとノンアルビールをもう一つ追加で」

つばきが頼むと、男性従業員は注文を復唱して下がった。

ドアが閉まる。少々、緊張した空気が漂っている。

りおから滲《にじ》み出る緊張感によるものだった。先ほどまでリラックスしたように緩んでいた背筋が、ピッと伸びている。

つばきはりおを一瞥《いちべつ》して目を細め、口を開いた。

「昨日、安谷がチェックした裏求人サイトの解析、どうだった？」

仕事の話を始める。

「なんか、ちょっとムカつくよ、あいつら」

蘭子がぶすっとした顔で言った。

「何かあった？」

「いくつかのサイトは生きてたんで、逆探知してやろうと思って追跡プログラムを仕込んだんだけど、途中で消されちゃってさ」

「消されたって、どういうこと？」

つばきが訊《き》く。

「サーバにたどり着く前に、サイトごと消したのよ、向こうが」

「追跡しているのがバレたということですか？」

りおが訊《たず》ねた。

蘭子は眼鏡の奥からりおを睨《にら》んだ。りおが愛想笑いを浮かべ、それからうつむいた。

「あんた、パソコン詳しい？」

蘭子がぶっきらぼうに言う。

「普通に使うことはできますけど、詳しいわけじゃないです」

「そこなのよねー、問題は」

蘭子はため息をついた。

「こういう話をするときにさあ。プログラムなんかの基本を知ってないと、そこから説明しなきゃいけなくなるのよ。それ、正直めんどくさいんだよね」

「すみません……」

りおは背を丸めてうなだれた。

「私だって、詳しくないけど」

つばきが助け船を出す。

「椎名はどのくらい知ってて、どのくらい知らないかを私が理解してるから、どう話せば伝わるかわかるんでいいんだよ。他の人に話す時はって話。特に、初対面の人に話す場合はそこんとこがわからないから困る」

蘭子の愚痴が止まらない。

りおはますますうなだれて、肩を震わせた。

泣いてるのか？　と、気になって、つばきが顔を覗《のぞ》き込もうとした時、いきなりりおが顔を上げた。

笑っていた。椅子に深くもたれて、蘭子を冷ややかに見つめる。

「あー、やだやだ。こういう人多いんですよねー、技術オタク関係」

「あ？」

蘭子が片眉《かたまゆ》を上げて気色ばむ。

「専門用語を並べてだらだらと話して、理解できなきゃ、理解できない人をバカにして嘲笑《ちょうしょう》して。頭いいんだか悪いんだか、わかんなーい」

「てめえ、喧嘩《けんか》売ってんのか……？」

蘭子は眼鏡を外した。

怒ってんな、これ……。

つばきは大きく息をついた。

蘭子は怒り出すと、眼鏡を外す癖がある。元々、切れ長の美しい瞳《ひとみ》なので、裸眼で睨まれた時は凄《すご》みが増す。

蘭子は前髪を梳《す》き上げ、りおを睨んだ。

が、りおはまったく動じず、見返した。

「怒らないでくださいよー。ほんとのことを言ってるだけじゃないですか。ほんとに頭のいい人って、どんなに難解な理論でも、知らない人にわかるように話してくれるものです。それができない人って、技術を理解してないか、もしくは言語能力に問題があるかでしょ？　ひきこもりの研究者ならそれでいいのかもしんないですけど、他者に伝えなきゃいけない立場にある人がそれじゃあ困るじゃないですか。相手に知識がないからって、それを問題視して、自分にコミュニケーション能力がないことから論点を逸《そ》らすのは、どうかと思うんですけど？」

淡々と返す。

ほお……と、つばきは感心した。

しゃべり方はともかく、言っていることは大筋間違っていない。

蘭子に目をやる。奥歯を噛《か》みしめ、悔しそうだ。

ドアがノックされた。

「失礼します」

従業員が料理を運んできた。

オリーブオイルやバジルの匂いが、ピリピリとした空気を和らげた。

蘭子は眼鏡をかけた。

「とりあえず、食べようか」

つばきが割って入る。

ノンアルコールビールのグラスを持ち上げる。

「専従捜査班に――」

乾杯をしようと思ったが、りおも蘭子も黙々と食べ始めている。

つばきはバカバカしくなり、手に持ったグラスのノンアルコールビールを飲んだ。

蘭子はパスタをそばのように啜《すす》り、左手にはピザを持って口に入れ、ノンアルコールビールで流し込んでいる。

一方、りおはスプーンの上でくるくるとパスタを巻いて、まとめて口に入れ、静かに咀嚼《そしゃく》している。

食べ方も実に対照的な二人だ。

こりゃあ、水と油かな……。

つばきはちらちらと二人を見ながら、カルボナーラを堪能《たんのう》していた。と、いち早く食べ終えた蘭子が上体を起こした。ベルを押して、ノンアルコールビールを追加する。

届いたノンアルコールビールをグラス半分ほど一気に飲んだ蘭子は、大きくふうっと息をつき、ゆったりと椅子にもたれた。

「さっきの話だけどさ」

蘭子がりおを見る。

りおは食べながら、蘭子を見やった。

「インターネットのアドレスというのは、早い話、住所なの。東京都中野《なかの》区東中野《ひがしなかの》何丁目、と同じことなのね。で、ネット網というのは世界地図。サーバはホテルと考えてくれればいいかな。見えない誰かを捜す時、そいつが立ち寄ったホテルの台帳を調べるのよ。そこには、相手の名前、ＩＰアドレスのことね。名前と前回立ち寄ったホテル名が残っていて、その線を辿《たど》っていくのよ」

蘭子が穏やかに話す。りおは聞きながらしきりにうなずいていた。

「その線を追っていけば、やがて、相手の家の住所がわかる。そこの住人が、捜していた相手ということ。そこまではいいね？」

「はい」

りおが大きく首肯した。

「ところが、今回の相手は、自分の名前を消しただけでなく、ホテル名やホテルの所在地まで、地図上から消してしまったの。存在しなくなった地名やホテル、あんたは捜せる？」

「無理ですー」

「そういうこと。サーバごと撤去されたら、私たちも追いようがない。今回の敵は、そういう手法を取ってきたということよ」

「なるほど。よくわかりました。ありがとうございます。先ほどは失礼しました」

　りおは手を止め、頭を下げた。

「いいよ、まともに話せない技術バカが多いのはほんとのことだから」

　蘭子は残ったノンアルコールビールを飲み干し、立ち上がった。

「ごちそうさん」

「あれ？　解析の説明は？」

　つばきが言う。

「これに入ってるから、あんたらで見て」

　そう言い、椅子に置いたショルダーバッグをポンと叩《たた》く。

「今、ちょいとややこしい解析が入ってて、時間が惜しいからさ。また今度、ゆっくり飲ませて」

「じゃあ、うちでやろう」

「OK。彩川」

蘭子がりおを見た。

「その時は、あんたも来なよ」

「はい」

りおは笑顔でうなずいた。

蘭子は仏頂面のまま、出て行った。

つばきとりお、二人になる。

「よかったねえ、彩川」

「何がです？」

「蘭子、あんたを気に入ったみたいだ」

「そうなんですかあ？」

りおは大仰に目を丸くした。

「あいつから飲もうというのは、私くらいだからね。少なくとも、あいつ、あんたに興味を持ったみたいだよ」

「うれしいですー」

ほっこりと笑う。

こういう時のりおの笑顔は、作り笑顔だとわかっていてもかわいらしい。もはや、身に沁《し》みついているものなのかもしれない。

「でも、なんでですかね？　さっきは怒ってたみたいですけど」

「筋の通ったことをいう人間は嫌いじゃないんだよ、あいつ。回りくどくなく、まっすぐに言ってくる人間もね」

試したのかもしれないな……とつばきは思ったが、それは口にしなかった。

「まあ、それはそれとして。ちょっと蘭子のバッグ、取ってくれる？」

つばきは話を変えた。

「ここで見るんですか？」

「せっかく持ってきてくれたんだし、個室だしね。お茶しながら、目を通そう。あんたは食べちゃいな。ゆっくりでいいから」

つばきが言う。

りおは「はい」と返事をして、いったん席を立ってバッグをつばきの脇に置き、自席に戻った。またゆったりとパスタを丸め始める。

つばきは残ったパスタを平らげ、椅子をずらして、テーブルの空いたところにバッグの中のファイルを積み始めた。

ファイルは四冊あった。

「すごい量ですね」

りおが言う。

「たぶん、これでも少ないくらいだよ。蘭子は調べるとなったら、百科事典を作れるくらい徹底して調べるからね。私たちに必要なところだけ抜き出してくれたんだよ」

「できる人なんですね」

「ああ、性格はともかく、仕事はできるよ」

つばきは話しながら、1と書かれたファイルを開いた。

安谷の証言で判明した裏求人サイトの調査報告がファイリングされていた。

十二件のうち五件が、同じ者が運営しているサイトではないかと分析している。

プログラムのソースを比べたり、回線のルートを解析したりした結果だ。細かい部分はわからないが、同一とする根拠がそれらの中にあるのだろう。

さらにそのうち一件のサイトはまだ稼働していて、サイトにアクセスした者の追跡調査も行なわれていた。

「これはすごいな……」

つばきは思わずつぶやいた。

追跡調査で判明したのは三人。男性二人に女性一人。いずれも二十代で、氏名と住所も判明している。一つの手掛かりにはなりそうだ。

別のファイルを開いてみる。

ファイルナンバー3には、品川駅の防犯カメラ映像の解析結果が記されていた。

安谷が窃盗の前金、もしくは支度金を受け取ったトイレに、犯行前の数日間に出入りしていた者の中から、五名の男がピックアップされていた。

それは、吉祥寺の逮捕現場付近の映像と照合して、特徴が似ていると判定された者たちだった。

彼らの中に、安谷に金を渡した者がいるとは限らないが、重要な情報ではあった。

2と4のファイルは、各情報を補足するものだった。

つばきが一通り、ファイルに目を通したころ、りおはようやく食事を終えた。紙ナプキンで口元を押さえて拭《ぬぐ》い、アイスティーのストローを咥《くわ》える。

つばきはファイルをバッグに入れ、立ち上がった。

「ほら、のんきに座ってないで、行くよ」

「ちょっと待ってくださいよー。まだ、アイスティーが」

「さっさと飲んでしまいな」

つばきは自分のバッグも取って、先に個室を出た。

「待ってくださーい！」

りおはズズッとアイスティーを吸い上げ、急いで後を追った。

5

本庁舎に戻ったつばきは、まず、サイバー班に足を運び、蘭子がピックアップした五名の男の画像を顔写真として見られるよう処理してもらった。

その画像をプリントしたものを持って、いったん小会議室にこもり、他部署から集めてきた情報も含め、りおと精査した。

テーブルに両肘《りょうひじ》をついて前のめりになっているつばきに対し、りおはパイプ椅子にゆったりともたれ、読書でもするかのようにファイルに目を通している。

「この、裏求人サイトにアクセスしたという男女三人、サイトの運営者のこと、知ってるんですかねー？」

「それは調べてみないとわからないよ」

「そうですよねー」

なんとも緊張感のない返事だった。

りおはファイルを置いて、プリントした顔写真を手にした。トランプを広げるように持ち、写真を見つめる。

「この中に、安谷にお金を出した人がいるんですかねー？」

「それも調べなきゃわかんないよ」

「ですよねー」

鼻から空気が漏れているような緩い返しだ。

つばきは大きく息をついて、対面のりおを見つめた。

「ちょっとあんた。やる気あんの？」

「やる気があるかないかと訊《き》かれれば、なくはないけど、やってやるぜー！　みたいな熱血はないかなーという感じです」

「なんだ、それ」

うなだれて、もう一度、ため息をつく。

「ファイル見て気づいたこととか、これからどうするかという方針を考えるとか。何かないの？」

「私は椎名先輩の後輩なので、椎名先輩の命令に従います！」

真顔で敬礼してみせる。

バカにされているようで、少々腹立たしい。

りおの気まぐれにも映る態度を見ていると、安谷の取り調べにあたった彼女の姿が幻のように思えてくる。

つばきは放っておいて、資料に集中した。

他部署から集めた情報と蘭子の調査結果を突き合わせてみる。

つばきは昨日、挨拶《あいさつ》も兼ねて、りおと共に各部署を回った。

他部署も、今回の携帯基地局の窃盗に関しては注視していた。

まずは、組対四課に出向いた。暴力団の資金源として、窃盗が行なわれることも多いからだ。

四課もその点を調べてはいたが、安谷たちや裏求人サイトに関して、組織が直接関与している形跡は見られないとのことだった。

少年課は、安谷たちの関係から、半グレ組織や不良少年たちの動向を調査していた。盗品売買は、素行不良の若者たちの資金源になっていることが多い。ほとんどは遊び半分のものだが、中には組織だって荒稼ぎをしている少年たちもいる。

安谷や他の逮捕者は、少なからずそうした者たちと関わりを持っていたが、今回の事案との相関関係は不明とのことだった。少年関係は引き続き、捜査している。

組対の総務から、国際犯罪に関する資料も取り寄せていたが、今のところ、携帯基地局のアンテナが輸出された事例は報告されていなかった。

「どこから攻めるかな……」

つばきは、資料を睨《にら》んでつぶやいた。

「椎名先輩。ちょっといいですかー？」

「何？」

間延びしたりおの口調についムッとし、きつい眼差《まなざ》しを向けた。

「まだ、わかんないことが多すぎじゃないですか。もう少し、他の部署の人たちから上がってくる報告を待った方がよくないですか？」

「丸投げする気？」

眉間《みけん》に縦皺《たてじわ》が寄った。

「違いますよ。顔、こわーい、先輩」

「思ってないだろ」

ひと睨みし、

「何が違うんだ？」

　と訊いた。

「専従は、私と先輩しかいないわけじゃないですか。二人であれこれ全部調べてたら、手が回んなくなるでしょ？　だから、任せるところは任せちゃった方がいいんじゃないかと思うんです。裏求人サイトにアクセスした子とか、この写真の人たちとかも、他で調べてもらってもいいんじゃないかって思います」

　りおは手に持った写真の束をひらひらと振った。

「じゃあ、私らは何するんだよ」

「先輩、蛇の道は餅屋《もちや》と言うでしょ」

　真面目な顔でつばきを見やる。

「おまえ……。それ、蛇の道は蛇と餅は餅屋が交ざってんぞ」

　つばきは苦笑した。

「わざと交ぜたんです。先輩、専門は窃盗ですよね？」

「当たり前だろ。三課なんだから」

「総務部に来る前、誰か捕まえたって言ってましたよね？」

「小此木な」

「その小此木って人、窃盗団のメンバーなんでしょ？」

「本人は認めないが、間違いはない」

つばきは深くうなずいた。

「訊いてみたらどうですか、小此木に」

「事案が違う。やつらは宝飾品の窃盗。私らが今追ってるのは、アンテナ窃盗。扱う商品が違えば、組織も違う」

「でしょうけど、大きな括《くく》りでは〝盗み〟じゃないですか。窃盗団に所属してたなら、大きな盗みの情報とかって、漏れ伝わってるものじゃないですか？」

りおが言う。

「おっ」

つばきは目を見開いた。

確かに、りおの言うことには一理ある。

犯罪組織は同業者の動向に敏感だ。また、複数の組織に関わっている実行者や買い手もいる。それぞれの組織は秘密裏に動いているつもりでも、どこからか情報は漏れるものだった。

餅は餅屋、蛇の道は蛇。長年、三課にいて、当たり前のことを忘れていた気がする。

「この写真の人物は、組対二課とか四課に回して、暴力団や外国人組織の関係者がいないかどうか確かめてもらってー、裏求人サイトの三人は、三課のお仲間か、少年課の人にあたってもらって。先輩は、いろんな盗犯の人たちを知ってると思うんでー、そっちをあたってみません？」

　りおが言った。

「ずいぶん、的確じゃない」

「元は総務ですから。署内全体のことは、なんとなく把握してます」

　りおがにっこりと首を傾ける。

「いいね。そうしよう」

　つばきはテーブルに手をついて、立ち上がった。

6

　つばきとりおは、留置中の小此木と小会議室で面会していた。逮捕時にやり合ってできたすり傷が、まだ顔に残っていて痛々しい。

　小此木は会議室の椅子に横を向いて座り、仏頂面でそっぽを向いている。

　つばきは向かいの小此木を睨みつけていた。りおはつばきの横に座り、二人の顔を交互に見やった。

　同席して、もう十分も経つが、二人とも一言も発していない。ただただ、時折睨み合うだけ。

　りおは自己紹介をした後、事案に関しての質問のすべてをつばきに任せるつもりだった。しかし、このままでは埒《らち》が明かない。

しびれを切らして、おもむろに口を開いた。

「あのお、小此木さん、ちょっとお伺いしたいことがあるんですけどー」

てれっとした口調で話しかける。

小此木はちらりとりおを見て、また、横を向いた。

「あのお……」

「てめえらに話すことはねえぞ」

小此木は冷たく言った。

と、つばきがいきなり、天板を平手で叩《たた》いて立ち上がった。

驚いた小此木がひっくり返りそうになる。

「おまえ、いい加減にしろよ！　渋谷の件もまだ認めてないんだって？」

つばきの声がつい大きくなる。

「おいおい、待てよ。今日は、渋谷のことは関係ねえって話じゃねえのか？　弁護士先生からそう聞いてるぞ」

小此木が言った。

つばきたちは、別件で小此木に確認したいことがあると申し出て、特別に面会を許されていた。

そのことは弁護士を通じて伝えられ小此木も承知している。

「そっちの話をしてえなら、司法取引してくれよ、刑事さん」

小此木はからかうような口ぶりで言い、にやりとした。

人を食ったような態度に、つばきはカチンときた。抑えきれず、怒鳴り出そうとした時、りおが割って入った。

「かっこいい、おじさま！」

目をキラキラとさせ、小此木を見つめる。

あまりに場違いな言葉に、小此木とつばきは同時にりおを見やった。

「何言ってんだ、おまえ……」

つばきが戸惑い気味に声を漏らす。

「現場で初めて聞きました。司法取引って言葉。日本でも司法取引が始まったことは、もちろん知ってますよ。いくつか、そうした事例があることも知ってます。けど、生で聞いたのは初めてです。なんか、アメリカのドラマみたいで、ジーンと来ました」

りおは両手の指を絡めて握り締め、顔を紅潮させた。

「おまえなあ……。遊びじゃねえんだぞ。どこがかっこいいんだよ、こんなチンピラ」

つばきは小此木を見据えた。

「なんだと？」

小此木が気色ばむ。

「かっこいいじゃないですか！」

りおは握る手に力を込めた。

小此木は、またしても想定外の言葉を耳にして、拍子抜けした顔をりおに向けた。

「司法取引ができるってことは、大物ってことですよね」

りおが言う。

小此木は〝大物〟という言葉に気をよくしたのか、口元に少し笑みが滲《にじ》んだ。

「私、刑事になると聞いた時、一度、大物さんと会ってみたいと思ったんですよねー。なんか、ゴッドファーザーみたいないかつい人なんだろうなと想像してたんです。でも、驚きました」

りおは瞳《ひとみ》を見開いた。

「こんな優しそうでダンディーなおじさまだったなんて」

まぶしげに見やる。

つばきは呆《あき》れて、浮かせていた腰を下ろした。横を向いて脚を組み、天板に肘《ひじ》をのせる。

「大物さんが、どんなことを話してくれるのか、すっごく気になるんですけどー。渋谷の話はしちゃいけないんですもんね。残念です」

「そこまで言ってくれるなら、少しくらいはよ——」

小此木が口を開こうとした時、りおは右手のひらを立てた。

「ダメです。ここで渋谷のことを聞いちゃうと、司法取引にはならないし、おじさまが不利になるだけ。そんなことはさせられません」

りおは口を真一文字に閉じた。

小此木は悪い気はしていなかったようだが、りおの態度をどう理解したものか困惑しているような表情も覗《のぞ》かせた。

「私と先輩が聞きたかったのは、吉祥寺の件なんです、おじさま」

わざと〝おじさま〟という呼び方を強調する。

「吉祥寺？　何かあったのか？」

小此木が訊《き》いた。

つばきは顔を横に向けたまま、聞き耳を立てていた。

「吉祥寺で携帯基地局の窃盗事件があったんです。あ、おじさま。その犯人、私が捕まえたんですよ」

嬉々《きき》として、笑顔を見せる。

「ああ、そりゃたいしたもんだな」

小此木は完全にペースを崩されていた。

りおは事件のあらましを、自慢も交えながら話した。小此木はただただ聞かされている状況だったが、いつしか体をりおに向け、聞き入っていた。

「でも、その人たち、マッチングサイトで仕事を引き受けただけで、何も知らなかったんです。ビルの屋上にある大きな設備を盗んでおいて何も知らないなんて、びっくりですよね」

「いやいや、そりゃ、どっちかってえと当たり前だ」

「えっ、どういうことなんですか、おじさま」

りおは身を乗り出した。

いきなり顔が近づいてきて、小此木は少し背もたれに仰《の》け反った。

「教えてください、おじさま！」

さらに顔を近づける。

「わかった。わかったから」

小此木は両手のひらを前に押し出した。

座り直して一息つき、つばきを見やる。つばきは横を向いたままだった。

小此木はりおに向き直る。りおは椅子に浅く腰かけ、小此木の話を待っていた。

大きく息をついて、口を開く。

「近頃の大きな仕事は、必ず分業になってんだ。足がつかねえようにな。ＳＮＳなんて便利なもんもできちまったし。基地局なんてでけえもんを盗んで捌《さば》く連中は、組織だろうな」

「すごーい。勉強になります」

りおは目を見て頷《うなず》く。

「どんな組織なのか、知りませんか、おじさま？」

「すまんな、お嬢ちゃん。聞いたことねえ」

小此木は優しい口調で返した。

「おじさまのような大物さんが知らないなんて。新しい組織ですかね？」

さらりと〝大物〟という言葉を入れる。小此木の表情がほころぶ。

「それはわかんねえなあ」

「そもそも、携帯基地局なんて盗んで、どうするつもりなんですかねー。自分ちにアンテナ立てようとしてるのかなあ」

りおがとぼけた意見を口にする。

はたで聞いていると、あまりにふざけた意見に思えるが、横目で小此木を見ると、いとおしそうに目を細めていた。

「そりゃねえよ、お嬢ちゃん」

小此木は笑顔を隠さない。

「鉄骨や配線は金属を売るんだろうな。基地局丸ごとってんなら、ＣＰＵなんかも売れるだろうなあ」

「部品も売れるんですか？」

「ああ。でも、基地局のＣＰＵやメモリー、基板は、ただの部品でもねえ。その中には企業の秘密がいっぱい詰まってるから、解析すりゃあ、欲しい連中にはおもしれえデータも出てくる」

「なるほどー、そこは気づきませんでした。さすがです、おじさま！」

　調子よく合わせて、小此木の気分を高揚させていく。

「そういうの欲しがってる人って、どんな人なんですかねー？」

「そうだなあ。外国の産業スパイなんかは欲しがるだろうな。日本は遅れてるなんて叫んで得意になってるヤツもいるけど、基幹技術の水準はまだまだ世界最高峰に位置していることに変わりはない。その技術は盗みたいだろうよ」

「産業スパイですか！　怖いなあ……」

「そうでもねえよ。昔は無茶苦茶な連中もいたけど、今はスパイったって、見た目も行動も普通のサラリーマンと変わらねえ。普通に入社して転職するふりをして、情報を持って行っちまう」

「そんなにすごいんですか！　でも、そこまで優秀な人たちなら、日中堂々と窃盗事件なんか起こすわけないですよねー」

「そうとも限らねえ。基幹技術の情報を盗もうと潜り込んでも、設計図や概要などの資料が取れない場合、現物を盗んで解析しようと考える連中もいるだろう」

「そうですね。うんうん、わかります。おじさまの知り合いに、産業スパイの人、いませんか？」

「いねえよ」

　小此木は苦笑した。

「俺たちとは毛色が違う。盗んでパッと捌くってのとはわけが違うんでな」

得意げに話しているうちに、自分が盗みに関係していることまでさらりと語っていた。

「あいつらは何重にも保険をかけてる。万が一の時は、足がつかねえよう、うまいこと立ち回ってる。バイヤーを辿《たど》っていくしか手はねえかもな」

「わかりました。やってみます！」

「無理すんじゃねえぞ、お嬢ちゃん。あいつらは、国や企業が絡んでるから、潰《つぶ》しにかかってきたらえげつない」

「心配してくれるんですか？」

目を潤ませ、キラキラさせる。

「まあ……そりゃ、心配にもなるわな」

小此木は少し照れた。

「他に、どんな組織が考えられます？」

「そうだな。外国人と手を組んだ若いチンピラの疑いも拭《ぬぐ》えねえか。その手の連中は、少しでも金になりゃいいから、あまり後先考えずに行動する。計画も何もありゃしねえ。ただ、やっぱり、そういう連中じゃねえ気はするな。俺の勘だけどよ」

「大物さんの勘！　きました！」

りおが興味津々の眼差《まなざ》しを向ける。

「何も出ねえぞ。ほんとに勘なんだから」

小此木はりおの期待に気圧《けお》された。

「勘、聞かせてください！」

「勘を聞かせろって……」

小此木は困惑した笑みを漏らす。

下を向いて大きく息をつき、ゆっくりと顔を上げ、おもむろに口を開いた。

「携帯基地局を丸ごととなれば、解体から部品選別まで、細かい作業が必要となる。捕まった若造、車ごと渡す契約をしていたと言ってたな？　たぶん、その車ごと荷物をどっかに運んで解体しようとしていたんだろう。そうするには、ある程度広い場所がいる。また、きっちり解体できる技術者も雇わなきゃならねえ。チンピラはそんな細けえことしねえし、捌くルートを持ってなければ、足が出ちまう。そんな面倒で損をするかもしれねえような仕事、プロは受けねえ。だから、ＳＮＳでチンピラを雇ったんだろう。しかし、そこから先の捌きはプロでねえとできねえ。組織を束ねるには、全体をきっちり仕切るヤツが必要だからな。チンピラにそれはできねえ」

「Ａｒｔ３も、そうやって組織立てたのか？」

つばきがいきなり、横から訊いた。

「そりゃ、おまえ。俺はプロ中のプロ――」

口を開きかけて、あわてて閉じた。

「油断も隙もありゃしねえな」

つばきを睨《にら》む。つばきは横を向いたままだった。

「まあ、とにかくだ。産業スパイとはいかないまでも、それに近い連中が動いてると、俺は思う」

りおに向き直った。

「どこから手を付ければいいですか？　それだけでも教えてください。お願いします、おじさま！」

りおはいきなり、小此木の右手を両手でつかんだ。

小此木はびっくりして手を引っ込めようとするが、りおが離さない。

「株価をあさってみろ」

「株価ですか？」

「ああ。ちょっと離してくれ」

小此木が右手を見やる。

「あ、ごめんなさい！　つい」

「いいけどよ……。携帯や基地局に関連した株で急騰してるやつか暴落してるやつ。それも理由がよくわからねえ株がありゃあ、仕手が入ってることになる。仕手は勝手に情報つかんで入ってくることもあるが、会社とグルになって荒稼ぎしている時もある。企業が絡んでりゃ、間違いなく株は動くからな。手掛かりにしてみるといい」

「ありがとう、おじさま！」

もう一度、手を握ろうとする。

小此木は大げさに仰《の》け反って、手を引いた。

「もういいか？」

つばきを見やる。

「いいぞ」

そっけなく言う。

小此木はつばきを睨んで立ち上がった。りおが立ち上がる。制服警官が歩み寄ってきた。手錠をかけられ、ドア口に向かう。

「あー、小此木」

「なんだよ」

つばきを見据える。

「助かった」

右手のひらを上げてみせる。

「おまえを助けたつもりはねえよ」

小此木はにやりとし、部屋から出て行った。

二人になる。とたん、りおはバッグからハンカチを取り出し、手を拭《ふ》き始めた。

「あからさまだな……」

つばきが苦笑する。

「勢いでつい握っちゃったんですけど、なんだか脂っぽくて」

「そりゃそうだろ」

　つばきが笑う。

「なんか、いろいろ訊《き》いてみた感じでしたけど、役に立ちそうですか？」

「ばっちりだよ。小此木があれだけしゃべるということは、なんか心当たりがあるってことだ。よくやった」

　つばきは立ち上がった。

「行くよ」

「どこへ行くんですか？」

「小此木の関係者で仕手をやってるヤツを知ってる」

「ひょっとして――」

　りおは目を丸くした。

「騙《だま》しかもしれないけどね。当たってみる価値はある」

　つばきはりおの二の腕を叩《たた》き、先に部屋を出た。

　りおも急いで、つばきを追いかけた。

7

左右田《そうだ》和幸《かずゆき》はスマートフォンを握り締めた。

「おまえ、どういうことなんだよ！」

薄暗く狭い部屋に怒鳴り声が響く。

机の奥、壁際には、大きなモニターが上下に三枚ずつ、計六枚並んでいる。それぞれのモニターには株価データやチャートなどが表示されている。

左右田は中央下のモニターを睨んでいた。

ニチゴウという会社の株価とチャートが表示されている。板《いた》と呼ばれるリアルタイムの売買状況を示す画面は目まぐるしく動いている。

先ほどまで三千円にも届こうかというところまで上がっていたニチゴウの株価は、二千円を割り込み、さらに凄《すさ》まじい勢いで下落を続けていた。

「話が違うじゃねえか！　売り込むのは、三千円超えてからだったろうが！」

左右田の怒りは収まらない。

ニチゴウは東海《とうかい》地区にある小規模の繊維会社だ。そこそこ技術はあるものの、目を瞠《みは》るほどの収益があるわけでもなく、伸びしろも少ない上場企業だった。

日々の出来高も五千株を切るほど動きがなく、相場から忘れられていた株だった。

左右田はそこに目を付けた。

仕手仲間と共謀して、一ヵ月をかけて徐々に出来高を増やし、百円を割っていた株価を千円にまで吊《つ》り上げた。

そこから一気に買いを入れ、ストップ高を演出して、二千円を超えるところまで株価を上げた。

株価を急騰させると、個人投資家が飛びつき始める。そこまで仕込むと、あとは放っておいても株価は上がるようになる。

左右田たちは、株価が実態と離れて上がりきったところで、保有していた株を一気に売りに出し、暴落させ、空売りを仕掛ける。

株が上がっても下がっても儲《もう》けることができる。

安値で仕込んだ株は高値で売り捌《さば》けばそれだけ利益が出る。一方、下がる株に空売りを仕掛ければ、安くなって買い戻し、借りた株を返したあと余った分だけ株数が増えることになり、これまた儲かる。

上昇と下落、どちらに転ぶかわからないので、株はギャンブルと言われるが、左右田たちのように株価を操作してしまえば、その心配もない。

損をするのは、高騰を期待して買い集めた個人投資家だけだ。

左右田たちは、利益に目がくらんで高騰する株に群がってきた個人投資家のことを〝養分〟と呼んでいた。

ニチゴウの株は、三千円まで吊り上げたあとに売り浴びせて、千円を切るまで株価を落とす予定だった。

しかし、三千円に届く手前で、突如売り浴びせが始まった。

機関投資家や大口の個人投資家が売り始めたのかと思って調べたが、そうした兆候はなかった。

左右田は今回組んでいない仕手仲間に連絡を入れ、取引状況を確認させた。

すると、今回の五人の仲間のうち、三人が売り浴びせていたことがわかった。

確認を入れている間、左右田は暴落する株価を睨《にら》みながら対処したが、高値で買い集めていた分がすべて損失となり、プラマイゼロに持っていくのが精いっぱいだった。

「あ？　知らねえだと？　とぼけんな！　おまえらが売り浴びせたのはわかってんだ！　オレがいくら損こいたと思ってんだ！　三億は飛んだ。補償しろ！　ああっ？　ナメんな、こら！　ぶち殺すぞ！」

ヒートアップする左右田の声は裏返っていた。

インターホンが鳴った。左右田は無視して、怒鳴り続けていた。が、インターホンもしつこく鳴り続ける。

左右田は大きく息をついた。

「また、連絡する。おまえら、逃がさねえからな」

電話を切って、スマホをデスクに放った。

部屋を出て、モニター付きの子機を取る。モニターには女が二人映っていた。

「誰だ？」

怪訝《けげん》そうにモニターを睨み、インターホンをつなぐ。

「はい……」

小声で返事をする。

と、ショートボブの女が身分証を出した。

——警視庁の椎名だ。

名前を聞いた途端、左右田は蒼《あお》ざめた。

急いで部屋に戻り、モニターを消す。

三課の椎名は名前だけは知っている。仲間内で、次々と大物盗犯を挙げる猛者《もさ》だと噂されていた。

左右田は直接、窃盗や故買に関わっているわけではないが、その情報を仕入れて、そうした連中から金を預かり、仕手戦を仕掛けることがある。

逮捕された小此木とも、何度か仕事をしたことがあった。

小此木も確か、椎名という刑事に逮捕されたと聞いている。

てっきり、強面《こわもて》の中年刑事だと思っていたが、まさか女だとは……。

——ガサガサ、何してんだ？

つばきの声が聞こえた。つながったままの子機を持っていることに気づき、あわてて切ろうとした。

――話が訊きたいだけだ。開けないなら、令状取って踏み込むぞ。

つばきが言う。

にわかには信じがたいが、このまま放置するわけにもいかない。

「今、開けます」

左右田は返事をし、モニターのある部屋に鍵《かぎ》をかけ、玄関に出た。

ドアを開ける。椎名は左右田を睨む。隣にいる小柄な女はにこにこしながら、ぺこりと頭を下げた。

「同じく、警視庁の彩川りおでーす。よろしくー」

つばきとは違い、気の抜けた女だった。

「ちょっと訊きたいことがあるんだよ。吉祥寺の件で」

つばきが言う。

「吉祥寺？　何の話ですか？」

「吉祥寺でー、携帯基地局が盗まれそうになった話、知ってます？」

りおが言う。

「ああ、ニュースで見たけど」

「その件で、ちょこっと協力してほしいんですけどー」

「協力って。オレは何も知らないけど」

「引っ張ろうか？」

つばきが言う。

「何もしてねえのに、それは――」

「叩けばいくらでも埃《ほこり》が出るだろ？　別に、私らは叩くつもりはないんだよ。どうする？」

じっと下から見上げる。

逡巡《しゅんじゅん》している様が手に取るようにわかる。

やがて、左右田は大きくドアを開いた。

「どうぞ」

「悪いね」

つばきはにやりとし、部屋へ入った。りおも一礼し、続いた。

広々としたリビングには、大きなＬ字型のソファーが置かれていた。大きな冷蔵庫に立派なシステムキッチンがあるものの、生活感はない。キッチンにはデリバリーものの容器が転がっていた。

「いい部屋じゃない。高いだろ、ここ？」

「まあ、そこそこです。飲み物とかないですけど」

「いらないよ。座って」

つばきが言う。

左右田が渋々右手に座る。つばきは左端、りおは二人の間に腰かけた。

「さっそくだけど、吉祥寺の事件のことは知ってるね？」

「さっきも言いましたけど、ニュースで見ただけですよ。オレは本当に何も関係ない」

「わかってる。知りたいのは、鉄骨や金属、中古部品なんかを扱ってる会社で、このところ値動きがあった銘柄」

「株ですか？」

「そう。あんた、仕手やってんだから、そっちは詳しいだろ？」

「オレはそんなことは――」

「だから、その件は問わないと言ってんだろ。あんたらが仕込んでいるわけでもないのに妙な動きをしている銘柄はない？」

つばきが睨む。

左右田はため息をついてうつむいた。いきなりの訪問に多少混乱しているようで、頭をかく。そして、やおら顔を上げた。

「いくつかありますよ、妙なのが」

左右田は観念したように答えた。

「ちょっと出してくんない、そのデータ」

「わかりました」

もう一度ため息をついて立ち上がり、奥の部屋のドアの鍵を開けた。少しだけ開いて、中へ入る。ちらりとモニターが覗《のぞ》いた。

　ドアを閉めようとすると、いきなり、りおが開いた。

「おい、ここには――」

「すごーい！　これがトレード部屋ってやつですねー！」

　りおの甲高い声に、左右田は拍子抜けした。

　りおはするすると中へ入った。

「このモニター全部使うんでしょ？　どうなってるんですかー？」

「説明する必要はないだろ。出てってくれよ」

「あ、これ、なんですか？」

　デスクにあったプリントをひょいっと摘《つま》み取る。

「ちょっと待ってくれ！」

　取り返そうと手を伸ばす。が、りおはひらりとかわし、中身に目を通した。

「えー！　三億も損したんですかー！　信じられない！　どれだけお金持ちなんですか！」

「返せ！」

　左右田はプリントをひったくった。

「勝手な真似するなら、協力しねえぞ」

　りおを睨む。

「ごめんなさい、そんなに怒んないで」

眉尻《まゆじり》を下げ、両手を合わせる。

「いいから、出て行ってくれ」

左右田はりおを追い出した。

りおが出ると、すぐにドアが閉まった。つばきの隣に戻る。

つばきは顔を寄せた。

「何かあったか？」

「取引関係のプリントがありました」

「中身は？」

「三億の損失と名前と電話番号らしきものが書いてありました」

「覚えてる？」

「ばっちりです！」

りおは自分の頭を指さし、微笑んだ。

つばきが頷《うなず》く。

左右田がプリントを数枚持って出てきた。

自分の座っていたところに戻り、テーブルにプリントを置く。

「五社分です。さっきの条件に合うのはそのくらいかと」

「なぜ、この五社を選んだんだ？」

「どれも、特別な理由がないのに株価が大きく上下しています。振れ幅も大きいので、ある程度資金を持った連中が入っています」

「特に怪しいのは？」

「永正鉱業社《えいしょうこうぎょうしゃ》ですかね」

　左右田が言う。

　つばきは永正鉱業社のプリントを上に出した。りおが横から覗き込む。

「三ヵ月前あたりから、材料もないのに急に上下に振れ始めました。あきらかになんらかの仕手が入っているとは思うんですが、オレらとは違うかな、と」

「違うとは？」

　つばきが訊《き》き返す。

　左右田はしまったという表情を覗かせたが、口を滑らせたものは仕方がない。あきらめて、話を続ける。

「仕手は、上げきったあとに落とすのが一番儲《もう》かります。同じ銘柄で短期間に何度もやれば目を付けられますから、一発勝負で抜くことが多いんですけど、そこをいじってる連中は、上げきらず下げきらずでうまく操作しています」

「そういう仕手をする連中を知らない？」

「すみません、それはわかりません。仕手仲間は、基本、やり口が似てて信用できる者としか組まないんで」

「調べられない？」

「勘弁してください。刑事さんも知ってると思いますけど、仕手筋にはヤバい連中も多いんです。ヘタに探りを入れてるのがバレれば、危ない」

左右田が渋い表情で言った。

これは左右田の言う通りだ。

近頃は、一般の個人投資家でも、資金を持てば仕手筋の真似事をするが、本物の筋には暴力団や政治家が絡んでいることも多い。

調子に乗って足を踏み入れれば、困ったことになるのは目に見えている。

左右田はそのあたりの立ち位置はわきまえているようだった。

「わかった、ありがとう」

つばきは立ち上がった。りおも立ち上がる。

「トレード中に悪かったね」

「いえ」

左右田は立って、ホッとしたように愛想笑いを浮かべた。玄関まで送る。

つばきはドアノブに手をかけ、振り返った。

「あ、そうそう。仕手まがいのことをするなとは言わないけど、あんまひどいことしてると、損した素人から刺されるから、気をつけな」

「そんなひどいことはしてませんよ」

左右田は言うが、笑みは引きつっていた。

つばきとりおは左右田のマンションから出た。

「さっきの名前と電話番号覚えてる？」

「はい」

「すぐ、照会して。そっちにも乗り込むよ」

「了解です！」

りおはすぐさまスマートフォンを出した。

つばきは手にしたプリントを見やり、バッグに収めた。

第3章

1

永正鉱業社《えいしょうこうぎょうしゃ》は、埼玉県さいたま市大宮《おおみや》区の郊外にある。

有刺鉄線で囲まれた、殺伐としただだっ広い敷地の奥に寂れた大きな倉庫が二つあり、倉庫の左脇に設置された二階建てのプレハブ小屋が本社屋だ。

周りには住宅もなければコンビニもない。会社へ向かう道路にも人影はなく、本当にここが会社なのか？　と、疑いたくなるほど閑散としていた。

つばきは運転してきた車を、会社の東側の路肩に停《と》めた。

「本当にここなんですか？」

助手席にいるりおが怪訝《けげん》そうに車窓の向こうを窺《うかが》う。

「登記簿の住所ではここだね」

つばきは、スマートフォンに収めた登記簿の写真の住所とナビの住所を確かめ、言った。

二人は、左右田《そうだ》から事情を訊《き》いた後、りおが盗み見た仕手仲間の家にも訪れ、左右田にしたのと同じ質問をした。

彼らは、それぞれに怪しいと睨《にら》んだ会社を教えてくれたが、共通していたのは永正鉱業社一社だけだった。

それも、左右田と同じく、仕手が入ってはいるが、自分たちとは毛色が違うと答えた。

その道のプロたちが口をそろえて同じことを言うということは、それなりの根拠があるという証左でもある。

つばきとりおは、永正鉱業社について調べてみた。

創立は一九六五年、永正太一郎《ながまさたいちろう》という男が今訪ねている地で廃品回収業を始めた。

当時はまだ大量消費時代で、リサイクル事業は決してうまくいっているとは言い難かったが、太一郎はいずれ大量生産・大量消費の時代は終わると見て、借金しながら事業を継続していた。

しかし、一九八六年から始まったバブル景気が大量消費を加速させ、バブル崩壊前の一九九〇年に一度倒産した。

創立者の太一郎は、長年の苦労がたたり、会社を畳んだ二ヵ月後に病死。後を追うように太一郎の妻も病気で他界した。

再び、永正鉱業社の名が登場したのは、それから十年後の二〇〇〇年だった。

立ち上げたのは、太一郎の一人息子、永正耕太《こうた》だ。太一郎が病死した時、耕太は十五歳。母の面倒を看《み》ていたこともあり、中学卒業後は鉄工所で働きながら、夜間高校に通っていた。

母亡き後も夜学に通い続け、大学にも進み、石油関連会社で二年ほど働いた後、退職して父の会社を再興した。

耕太の経営する新生永正鉱業社は、第三次平成不況の追い風もあり、瞬く間に軌道に乗った。

関東一円から廃品を集め、再生できる物は中古品として販売し、製品として使えなくなった物からは部品を取り出し、必要な人々に供給した。

今では当たり前となっているリサイクルだが、当時はまだ大規模に展開している業者はめずらしく、東証一部にも上場を果たし、経済新聞に新世代のリーダーとして取り上げられたこともあった。

が、順風だった経営に水を注《さ》す出来事が起きる。

系列の廃品回収業者がリサイクルを行なわず、引き取った廃棄物を不法投棄していたのだ。

さらに、いくつかの直営店舗では、まともな修理をしていない中古家電を高値で売り付けていた事実も判明した。

耕太の名前が世に出ていた時だけに、風当たりも強かった。

耕太は公で謝罪し、立て直しに奔走したが、悪評は拭《ぬぐ》えず、事業規模を縮小せざるを得なくなった。

それでもリサイクルに対する機運は高かったので、なんとか一部指定の条件だけはクリアし続け、細々と経営を続けていた。

それがここへ来て、リサイクルからリデュースへと流れが変わってきた。

リデュースというのは、無駄なゴミそのものを減らそうという理念のこと。つまり、食品でも電化製品でも必要のない物は買うのを控え、ゴミを出さないようにしようということだ。

大量消費と逆行するこの考え方は、特に若者に浸透し、物自体が売れない時代に突入した。

集めた廃品を使える商品にしても売れなくなり、大量の在庫を抱えることになった。

そして、リサイクル品の販売からは撤退して店舗はすべて閉じ、今は廃棄物処理と廃品からの部品や素材の回収販売に特化して、事業を継続している。

そのような状況なので、一時は五千円を超えていた株価も急落し、五百円にまで下がった。

時価総額は十分の一となり、東証二部に降格した。

本来なら上場廃止でもおかしくない状況にもかかわらず、なんとか踏みとどまったのは、銀行や一部ファンドが流通株を買い、時価総額を支えたことによる。

筆頭株主も耕太からファンドに変わり、事実上、ファンドに買収された形だ。

その後、株価は五百円前後を推移し、日々の出来高数も少なく、市場では〝終わった株〟と目され、見向きされなくなった。

そこまではよくある話でもある。

ところが、三ヵ月前あたりから、左右田たちが言うように、突然株価が上昇し始めた。

会社の業績が良くなったり、市場を刺激するＩＲ情報が出されたりということはなく、ただただ上昇し始めたのだ。

筆頭株主である〈アジアンリテールキャピタル（ＡＲＣ）〉が保有株数を徐々に増やし始めたのをきっかけに、複数の投資ファンドが同社の株を買いあさり始めた。

そこに大口の個人投資家や銀行が乗っかり、さらなる上昇を演出し、値上がりを見た小口の個人投資家も群がってきて、出来高急上昇の活況銘柄となってきた。

今では、五百円以下だった株価も三千円を超すまでになっている。

当然、この不自然な値動きを見て、日本取引所グループが調査に入っている。

ＡＲＣが不当に株価を操作した疑惑がもたれたが、永正鉱業社は回収した部品や素材の中国や東南アジアの新興国への輸出が堅調で売り上げを伸ばしており、株価に反映される材料がまったくないわけでもなかった。

投資ファンドや銀行が、事業の成長性を見込んで先行投資するのもおかしなことではないからだ。

最終的に、グレーゾーンではあるが確固たる株価操作の証拠はないと結論付けられた。

しかし、今、つばきとりおが目にしている永正鉱業社の光景は、とても成長性のある活況な企業とは言い難い。

閑散としていて、人がいるのかいないのかもわからない。

倉庫脇に停まっている二台の二トントラックも、ボディーは錆《さ》びついていて、動いている様子もない。

「行くよ」

つばきはスマホをジャケットの右ポケットに入れ、運転席のドアを開けた。

「ほんとに行くんですかー？」

「何寝ぼけたこと言ってんの。行くに決まってるだろ。早くしな」

「やだなー。今日の服、下ろし立てなのにー」

りおは、明るいグレーのパンツスーツを着ていた。スカートでないのはめずらしい。

「服なんてのは、着てりゃ汚れるんだよ。汚れたら洗えばいい」

「えー、クリーニング代もバカにならないんですよー」

「なら、汚れてもいい服を着てこい。さっさと降りな」

つばきが先に車を降りる。

りおはため息をついて、渋々後に続いた。

敷地の様子を見ながら、正門へ向かう。三メートルはある鉄格子の門が見えてきた。

「えー！」

りおが駆け寄る。

鉄格子にはチェーンが巻かれ、南京錠でがっちりとロックされていた。

「本当にここ、やってるんですか？」

塗装が剥《は》がれて錆びた格子を見上げる。

「うーん……」

つばきは足下に目を向けた。

轍《わだち》があり、トラックが出入りしている痕跡《こんせき》はある。しかし、新しいとは言えず、門も久しく開いていない感じだ。

支柱にインターホンがある。つばきは押してみた。ボタンがスカスカする。音も聞こえない。故障したままのようだ。

プレハブ小屋に目を向ける。人の気配はない。倉庫の方も見てみる。やはり、人がいるような様子はない。

「休みみたいですね。先輩、帰りましょう」

りおはホッとした様子で、一足先に車に戻り始めた。

「……仕方ないね」

つばきも踵《きびす》を返した。

と、目の端に光が飛び込んできた。

「ん？」

立ち止まって、倉庫の方を凝視する。

「どうしたんですか、先輩！」

りおが声をかけた。

つばきはしばらく倉庫を見つめていたが、視線をりおに向けた。

「気のせいか」

つぶやき、りおと共に車へ戻った。

2

つばきたちは、左右田ら仕手に関わる者たちから聞いた、永正鉱業社以外の会社も調べてみた。

それぞれ、永正鉱業社のようになんらかの資金が投入され、株価は短期で乱高下している。

ただ、永正鉱業社と違うのは、特別な材料はないものの経営自体は健全だったり、IRを乱発してアピールしたりしている。

永正鉱業社のように、実態も知れないまま値上がりを続けている会社は他になかった。

仕手筋の連中がおかしいと感じるのも確かだし、乱高下はなく、右肩上がりを続けているところに不気味さを覚えるのもわかる。

つばきは永正鉱業社に的を絞り、調べることにした。

まずは、永正鉱業社の経営実態を探ること。出入りしている業者を特定するため、張り込みを開始した。

会社前の道路から外れた、少し離れた路地に車を入れ、正門をじっと監視する日々が続く。

朝から晩まで張りついて、丸三日が経《た》っていた。

「全然、誰も来ないですねー」

助手席でりおがあくびをした。

二日目までは、張り込みに刑事らしさを感じ、あんパンと牛乳を買ってきたりしてノリノリだったが、さすがに三日を過ぎると疲れ、飽きてきたようだった。

「やっぱり、ここ、稼働してないんじゃないですか？」

りおはコンパクトを出して、化粧直しを始めた。

「ちゃんと見てな」

「見てますよー。ていうか、車とか人が来たら、すぐにわかります」

りおが言う。

確かに、張り込みを始めてから、正門はまったく開いていない。人もいなければ、車もほとんど通らない。

りおの言うように、稼働していない可能性も高い。

つばきはスマートフォンを出した。写真で記録していた永正鉱業社の登記簿に記されている電話番号を記憶し、自分の番号は非通知にして電話をしてみる。

「どこにかけてるんですか？」

「しっ」

つばきは人差し指を鼻先に立てた。

呼び出し音が鳴り始める。二回、三回、四回……。誰かが出る気配はない。

プレハブ小屋に目を向けるが、人が動く気配もなく、七回鳴ったところで、留守番電話に切り替わった。仕事の依頼内容を入れておけば、折り返し電話するというメッセージだった。

つばきは電話を切った。

「動いてないね」

「会社に電話してたんですか？」

りおの問いにうなずく。

「やっぱ、ここに人はいないんですよ。いくら見張ってても無駄っぽいですね。他の捜査しましょうよ」

りおはじれたように言う。

「そうだな……」

が、つばきは躊躇《ちゅうちょ》した。

会社の状態や電話の様子からすると、完全に開店休業状態としか思えない。

しかし、株価は上がっている。自社株買いやＴＯＢといったＩＲ情報も出ていないのに株価だけ上がり続けている状況は、説明がつかない。

何かある……と、つばきの勘が疼《うず》く。

と、りおがドアを開けた。

「私、ちょっと見てきます」

「何を？」

「会社です。声をかけたら、誰か出てくるかもしれないじゃないですか。じっとしてるのも退屈だし」

りおは言うと、車を降りた。

「ちょっと待て」

座ったまま声をかける。

りおは車内を覗《のぞ》き込んだ。

「任せてください」

ウインクをし、ドアを閉めて小走りで正門へ向かう。

「おい！　まったく……」

つばきはため息をついた。

もし、敷地内に誰かがいれば、自分たちが見張っていることがバレてしまう。そうなると、今後の張り込みは難しくなる。

とはいえ、りおの言うように、このまま張り込みを続けるのも、時間の無駄のような気がする。

「どうしたもんかなあ」

シートにもたれ、ハンドルを指でトントンと叩《たた》きながら、次の方針を思案し始めた。

考えながら、りおの様子をぼんやりと見つめる。

りおは故障しているインターホンを何度も押していた。そして、大きな声で敷地内に呼びかけた。

「すみませーん！　誰かいませんかー！」

つばきは苦笑した。

「それで出てくりゃ、苦労はないって」

呆《あき》れながら眺めていると、目に何かのきらめきが飛び込んできた。

つばきは体を起こした。

「また――」

社屋や倉庫を見やる。

社屋の右隣にある倉庫の上の窓で、ちらちらと何かが光っていた。

陽《ひ》の光がガラス窓に当たって反射しているだけかとも思ったが、その光は揺れている。

誰かいるな。

つばきの瞳《ひとみ》が鋭くなる。

りおはしつこく呼びかけていた。

つばきはりおのスマホにメッセージを入れた。

〝そのまま呼びかけろ〟

送信し、車から降りた。

道路沿いの茂みに身を隠しつつ、敷地の右手に回る。倉庫からの死角となったところで路上に出て、左手の柵《さく》沿《ぞ》いに進み、倉庫の裏に出た。辺りを見回す。通用門があった。気配に神経を尖《とが》らせつつ、通用門に近づく。鉄柵に金網を張っただけの簡単な扉で、引いてみると簡単に開いた。素早く開いて侵入し、倉庫の壁沿いにプレハブ社屋の方へ進む。倉庫の陰にちょっとした広場があった。そこには白いワゴンが停まっている。タイヤやホイールもきれいだ。放置気味のトラックとは違い、動いていることは確かだった。

その広場から通路が延びて、各建物の入口につながっている。

倉庫やプレハブが邪魔となり、敷地内へ入らなければ確認できない場所だった。

「ここから出入りしてたのか――」

つばきはスマホのカメラでワゴンと出入口の状況を写真に収めた。一階部分の倉庫の窓は、すべて目隠しされていた。真ん中の倉庫の端から、プレハブ社屋の様子を窺《うかが》う。

社屋に人の気配はない。窓は砂ぼこりで真っ白になっていて、しばらく開けられた様子もなかった。

社屋から最も離れた倉庫を探る。通用口も搬出入口も開けられた形跡はある。ドアノブを回してみたが、鍵《かぎ》がかけられていた。

人の気配がした社屋横の倉庫に進む。先程の倉庫と同じく、開閉している形跡はある。

通用口のドアノブを回してみた。押すと、ドアが少し開いた。鍵はかかっていない。

そろそろと押し開き、中を覗く。フロアには鋼材が無造作に積み上げられていた。壁沿いに階段があり、上部に通路がある。その通路を目で追う。と、正門に向いた窓あたりに人影があった。男性のようだ。背が低く、ずんぐりとしている。こちらに背を見せている男は、正門の方に目を向け、時折手に持ったスマホのようなものを掲げていた。シャッター音も響く。

訪問者を監視しているというわけか……。

ドアをさらに開き、中へ踏み込んだ。少し蝶番《ちょうつがい》が鳴る。男の背が揺れた。

つばきはドアから手を離し、鋼材の山の陰に滑り込み、座った。背を当て、気配を窺う。

「誰だ！」

男の声が響いた。

その時、強い風が吹き込んで、ドアが大きく開いた。

「風か……」

男のつぶやきが聞こえる。

つばきは息を潜めてじっとしていた。

すると、車の音が近づいてきた。倉庫の近くで停まる。ドアの開く音がして、複数の人間が降りてきた。足音が倉庫に近づいてくる。

つばきは、さらに鋼材の山の奥へ進んだ。足音が倉庫内へ入ってくる。

「おい、こら！」

野太い怒鳴り声が響いた。

つばきはびくっとして身を沈めた。手元にあった鋼材の支柱をつかむ。一つの影が中へ入ってくる。

「開けっ放しにするなと言ってんだろうが！」

「すんません！ 風で開いたみたいで」

上から男の声が返ってくる。

「ドアを直しとけと言っただろう！」

「すみません！」

怒鳴る男は居丈高で、詫《わ》びる男はひたすら平身低頭だ。

「ったく……」

怒鳴っていた男が舌打ちする。

後ろからまた二つの影が入ってきた。

「どうした？」

落ち着いた声の男が声をかけた。

「うちのもんがだらしないんで、どやしてたところです」

「そう怒るな。力だけで抑え込んでも、人はついてこないぞ」

「勉強になります」

怒鳴っていた男の声色に緊張が滲《にじ》む。

声だけで、この場にいる男たちの関係性がわかる。

倉庫で正門を監視していた男は、怒鳴っていた男の部下。落ち着いた声の男は、怒鳴っていた男の上司、あるいは上司のような存在の者。もう一つの影は、落ち着いた声の男の秘書のような存在か。

いずれにせよ、落ち着いた声の男がこの場では一番力を持っているようだった。

顔を見たい。しかし、ヘタに動けば、すぐさま見つかってしまう。

つばきは歯がゆい思いで、じっと耐えた。

「さっきから呼びかけている女性は誰だ？」

落ち着いた声の男が言う。

つばきに緊張が走った。

「おい、画像を送れ」

怒鳴っていた男が上にいる男に声をかけた。

少し静かになると、りおの声が聞こえてきた。まずいと思いつつも、今は何もできない。

いざという時は……。

鋼材を握るつばきの手に力がこもる。

「あー、こいつは刑事ですね」

怒鳴っていた男がさらりと言う。

バレている。つばきの表情が険しくなる。

「なぜ、わかる？」

落ち着いた声の男が訊《き》く。

「五日前、いや、一週間前くらいですか。やはり、こいつらがこのへんをうろついていましてね。気になったんで、写真を撮って画像で人物を特定したんですよ」

怒鳴っていた男が言う。

やっぱり、あれは――。

つばきは去り際に気にかかった光のことを思い出した。

「こいつは、彩川《あやかわ》りおという警視庁の広報係でした」

「広報が何の用だ？」

「もう一人いたんで、そっちを調べてみると、捜査三課の椎名《しいな》つばきという刑事でした。調べてみると、吉祥寺《きちじょうじ》で安谷《やすたに》という男とその仲間を逮捕したのが、この椎名と彩川でした」

「ほう、そういうことか」

落ち着いた声の男が言う。

「こいつら、いろいろと嗅《か》ぎ回っているようでして」

「嗅ぎ回っているわけではなく、捜査をしているんだろう？」

「まあ、そうなんですが」

「その刑事たちは、なぜここに目を付けたんだ？」

「それはわかりません。なんなら、今捕まえて、吐かせましょうか？」

怒鳴っていた男が言う。

つばきはギリッと奥歯を噛《か》んだ。すぐ立ち上がれるように神経を研ぎ澄ます。

「君の頭には、暴力しかないのか？　刑事を捕まえてどうする？　そんなことをすれば、当局を本気にさせるだけだ。ここを使えない者に未来はないぞ」

落ち着いた声の男が言った。

ここ、というのはおそらく頭のことだろう。

「それにしても、吉祥寺の件からここへたどり着くまでの期間は、想定していたより短いな。今晩中にここを引き払え。塵《ちり》一つ残すな」

「わかりました」

怒鳴っていた男が応《こた》える。

落ち着いた男ともう一つの影が倉庫を出て行く。

つばきは少しだけ動き、ドア口の方を見やった。足下と影しか見えない。

二人の男が出て行き、もう一人の男は立ち止まって、礼をしているのが影でわかった。

しばらく頭を下げて上体を起こすと、すぐにまた声を張り上げた。

「刑事がうろついている！　しっかり見張ってろ！」

「わかりました！」

上の男の返事を聞き、怒鳴っていた男も倉庫から出て行った。

怒鳴っていた男が倉庫を出て少しすると、エンジン音がした。重厚なエンジン音だ。

いい車に乗っているようだった。

タイヤが砂地を噛む音がし、車のエンジン音は遠ざかり、消えた。

つばきは、鋼材を置こうとした。が、ふと手元を見て、止まった。

これは……。

他の鋼材も見てみる。

安谷たちのバンから押収した基地局の鋼材に似た形の物が多い。

解体した基地局の鋼材をここで保管しているのか？

落ち着いた男も怒鳴っていた男も、吉祥寺の一件のことはよく知っているような話しぶりだった。

いきなり、本命さん、ご登場というわけか。

つばきの勘が囁《ささや》く。

目についた小さな部品を三つほど拾ってポケットに突っ込み、上で見張っている男の動向に注意しつつ、倉庫から抜け出した。

表に出て、ふうっと大きく息を吐く。

額や手のひらは汗ばんでいた。

「今夜、ここを引き払うと言っていたな」

つばきは通用門から路上に出た。

スマートフォンを出して、メッセージを打つ。

〝すぐ、車に戻れ〟

メッセージを送信したつばきは駆け出した。

道路沿いの茂みを駆け抜け、車まで戻る。りおも戻り、助手席に乗っていた。

つばきは助手席側のドアを開け、覗《のぞ》き込んだ。

「お疲れ様です。どこへ行ってたんですか？」

「倉庫の中。あんたこれを持って、本庁へ戻って。そして課長に渡してすぐ分析してもらって」

つばきは持ってきた部品をポケットから出して、グローブボックスに入れた。

「先輩はどうするんです？」

「私はここで張り込み継続。今晩、動くよ、ここ」

「ホントですか！　誰かいたんですか？」

「話は後。急いで、分析してもらって」

「了解しました！」

りおは助手席を降りて、運転席に回った。

「では、彩川、行ってまいります！」

「頼んだよ」

つばきは言って、助手席のドアを閉めた。

りおは大きく頷《うなず》いて、エンジンをかけた。ハンドルを握り締め、アクセルを踏み込む。

車は急発進し、路地から飛び出した。

「危ない！」

つばきがあわてて飛び退《の》く。

車はタイヤを軋《きし》ませて左折し、猛スピードで消えていった。

「大丈夫かよ……」

不安になりつつも、その場から茂みの中に移動した。

スマホを出し、蘭子に電話をする。

「――もしもし、私。今から送るナンバーの登録者を割り出して、身辺探ってほしいんだけど。うん、超急ぎ。よろしく！」

つばきは早々に電話を切り、蘭子のスマホに倉庫裏にあった白いワゴンの画像を送った。

そして、倉庫に鋭い目を向けた。

3

警視庁本庁舎に猛スピードの車が突っ込んだ。タイヤを鳴らしながら横滑りし、玄関前で停まる。

立番の若い男性警察官が血相を変えて、駆け寄ってきた。

「君！」

運転席のドアに手を掛ける。

と、ドアが思いっきり開いた。警察官が弾《はじ》き飛ばされ、警杖《けいじょう》を持ったまま尻《しり》もちをついた。

「何をする！」

「あ、ごめんなさーい！」

りおは車から降り、警察官に駆け寄った。

「大丈夫ですかあ？」

屈《かが》んで、顔を覗き込む。

「ああ、君は広報の――」

「はい、彩川りおです」

にっこりとして、少し顔を近づける。警察官の頬が少し赤らんだ。

「今は、捜査三課の刑事です」

唇をギュッと噤《つぐ》んで、敬礼してみせる。

あざとい愛らしさに、警察官の頬が緩んだ。

「急いでいたので、ちょっと乱暴な運転になってしまいました。本当にごめんなさい」

「いえ、緊急なら仕方ないかと」

警察官は立ち上がって、ズボンの砂粒を払った。

「申し訳ないんですけど、この車、車両庫に戻しといてくれません？」

「承知しました。手配しておきます」

「ありがとうございます」

りおが肩を少し近づけて上目遣いに微笑みかけると、警察官はでれっと目元を崩した。

「こら！　何、色目使ってんだい、彩川！」

玄関の方から、女性の大声が響いた。

警察官はあわてて真顔になり、直立した。

蘭子だった。階段を下り、駆けつける。

「あっ、蘭子さーん！」

りおは笑顔で手を振った。

「さーん、じゃねえよ」

蘭子は呆《あき》れ顔で駆け寄った。

「椎名から連絡をもらってる。倉庫から持ってきた部品ってのは？」

「あ、そうそう」

りおは車内に上半身を入れた。グレーのタイトなパンツに包まれた小さなお尻がぷりんと突き出る。

警察官の視線が思わずりおの尻に向く。

蘭子は咳払《せきばら》いをした。と、警察官はまたあわてて視線を逸《そ》らした。

りおが車内から出てきた。

「これです」

小さな部品三点を蘭子に渡す。

蘭子は受け取った部品を見た。

「セラミックコンデンサーだね。でかした。行くよ」

蘭子がりおを促す。

「どこへ行くんですか？」

「鑑識だよ。野田坂課長も待ってる」

「課長もですか？　なんでです？」

「説明は歩きながら」

蘭子は庁舎内へ歩きだした。

「待ってくださーい。車、お願いしますね」

りおは警察官に微笑みかけ、小走りで蘭子を追った。

横に並ぶ。

「おまえ、もう少し、だぼっとした服を着ろ」

「なぜです？　かわいくないですか、これ？」

上着を摘《つま》んで、見やる。

「捜査に色気はいらねえって」

「えー、このパンツスーツ、そんなにお色気ってほどではないと思うんですけどー」

「天然女子力か……」

蘭子がつぶやく。

りおは蘭子の顔を覗き込んだ。

「なんです？」

「なんでもねえ」

蘭子は返し、歩を早めた。りおがついていく。

蘭子とりおは一階フロアを右奥へ進んだ。突き当たり手前で止まり、ドアを開ける。

鑑識課の部屋だった。

「やっと到着か」

杉平がりおを認め、笑みを向けた。

「ただいま戻りました」

一礼し、杉平と野田坂が待っているブースへ向かう。

蘭子が先に駆け寄る。パソコンの前には、若い男性の鑑識課員が待機していた。

「どうだ？」

野田坂が蘭子を見た。

「いい部品拾ってきました」

蘭子はセラミックコンデンサーを摘んで、目の高さに上げた。

「これなら、すぐ判別は付きます」

そう言い、鑑識課員の手元にセラミックコンデンサーを置く。

「製造番号と個体識別番号を照合して」

蘭子が指示すると、鑑識課員はさっそく部品を見始めた。

電子部品には必ず、製造地を示す番号とその部品自体に割り振られた個体識別番号が記されている。部品に不具合があった場合、すみやかにリコールをかけるためだ。

それぞれ別に記載されている場合もあれば、製造番号と個体識別番号が併せて記されていることもある。

蘭子が渡したセラミックコンデンサーは、製造番号と個体識別番号が同じ物だった。

鑑識課員がデータベースの検索枠に数字を入れ、エンターキーを叩《たた》く。

一瞬で結果が表示された。

「渋谷《しぶや》で盗まれた携帯基地局のものですね」

鑑識課員が淡々と伝える。

「えー！　ビンゴですか！　じゃあ、さっそく全員逮捕ですね」

りおが嬉々《きき》とした声を上げる。

が、野田坂も杉平も、蘭子の表情も重い。

「どうしたんです？」

りおは全員の顔を見回した。

「逮捕状は取れないんだよ」

蘭子が言う。

「どうしてです？」

りおが訊《き》くと、杉平が笑顔を向けた。

「この部品は椎名が潜り込んで取ってきたものだろう？　不当な手段で入手した証拠品は、証拠として使えない。だから、それを元に逮捕状を請求することもできないんだよ」

優しく教える。

「そうなんですか？」

りおは野田坂を見た。野田坂は渋い顔で頷《うなず》いた。

「どうするんですか？　椎名先輩、今晩、倉庫で動きがあると言ってました」

りおが訊く。

「一《いち》ノ瀬《せ》君、椎名から連絡のあったナンバーの車両の詳細は調べたか？」

野田坂はりおに答えず、蘭子に訊いた。

「はい。当該白ワゴンの所有者は中岡光則《なかおかみつのり》という男性でした。その中岡光則を調べてみたんですが、〈なかおか〉という産業廃棄物処理業者の代表を務めています」

「非合法か？」

「いえ、許可は取っていまして、許可主体は神奈川県ですが、首都圏各地に保管所を有しています。その一つに永正鉱業社《えいしょうこうぎょうしゃ》の敷地も登録されていました」

「永正鉱業社は、なかおかの子会社ということか？」

杉平が訊く。

「そういうわけではないようです。なかおかが永正の株を取得していることはなかったので。ただ、なかおかの大株主に、アジアンリテールキャピタルの名前があります。このＡＲＣは永正鉱業社の筆頭株主でもあります」

「ほお、それはそれは」

杉平がにやりとする。

「課長、ちょっと調べてみます」

杉平が言うと、野田坂は頷いた。

一礼し、杉平が鑑識課の部屋を後にする。

「あの！」

りおが割って入った。

「永正鉱業社の件はどうするんですか！」

野田坂を睨《にら》む。

「ああ、ごめんごめん。さっき、杉平さんが言っていた通り、この証拠では令状は取れないんだよ」

「じゃあ、ほったらかしにするんですか！」

りおがふくれっ面をした。

「見張っておくしかないね」

野田坂が返す。

「そんなあ……」

りおの涙袋が膨れた。大きな瞳《ひとみ》が涙でキラキラと光る。

野田坂は苦笑し、言葉を続けた。

「三課としては動けないが、非番の課員がたまたま現場近くを通りかかるということはあるかもしれんね」

そう言い、微笑む。

「えっ？　それって――」

「いやいや、そういうこともある、という話だ。君は戻って、椎名君と現場の張り込みを続けてくれ」

「わかりました！」

りおは満面の笑みを覗《のぞ》かせた。

「あー、ただし、見張るだけだ。踏み込んだり、過度に尾行したりしないこと。椎名君にもそう伝えておいてくれ」

「了解です！」

りおは敬礼すると、鑑識課を飛び出した。

「大丈夫ですか、あれ？」

蘭子はドア口に目を向けた。

「まあ、一応援軍を出すことは伝わっただろうから、無茶はしないだろう」

「だといいんですけどね」

そうつぶやき、息をつく。

「一ノ瀬君、なかおかと永正鉱業社が所有している車両の車種とナンバーを割り出しておいてくれるか。現場に保管している部品を運び出すとすれば、彼らが自社車両を使う可能性が高い。データは私に送ってくれ」

「わかりました」

蘭子は首肯した。

4

つばきは、りおからのメッセージに目を通した。
りおが戻って来ることや、非番扱いの捜査員が援軍で来ることなどが記されている。
深追いしないようにとの、野田坂の注意も書かれていて、思わず苦笑した。
蘭子からも、つばきが渡した部品の件や白ワゴンの件がPDFで送られてきていた。
睨んだ通り、盗品だった。しかも、直近の渋谷の事案に関わる物証をつかんだのは大きな成果だ。

かたや、それだけの証拠をつかみながら動けないのがもどかしい。

「どうするかな……」

草陰から永正鉱業社の敷地を睨んでいると、トラックのエンジン音が聞こえてきた。
複数だ。右手の坂下から上がってくる。
腕時計を見た。まだ、午後三時前。

「手配が早いな……」

ギリッと奥歯を噛《か》む。

倉庫から男が出てきた。倉庫内で見張りをしていた男だ。

正門へ走ってきて、鎖を回して、南京錠を外しだした。そして、鎖を取り払うと、錆《さ》びついた門を引き、開け始めた。

しばらく開けていないからか、格子の引き門は重そうだ。体を斜めに倒し、渾身《こんしん》の力で門を開く。

なんとか右手の門を開くと、逆に回って左の門も開き始めた。

「本格的な搬出作業をするつもりだね」

周りを見やる。

まだ、りおや援軍が現われる気配はない。

どうする――。

トラックが見えてきた。薄汚れた四トントラックが連なり、正門前に現われた。

男は道路に出て、右腕を伸ばして敷地内を指し、上げた左腕を振って中へ入るよう促した。

トラックが一台、二台と入っていく。空のコンテナを載せたアームロール車も入っていった。

全部で七台。これだけの車両をすぐに集められるあたり、手慣れている様が窺《うかが》える。

つばきは入っていくトラックの全景とナンバーをスマートフォンで撮影していった。

と、倉庫の扉が開いた。スマホのカメラをズームする。中で重機が動き、埃《ほこり》が立っている。

バックで倉庫に入ったトラックに鉄くずが積まれている音が響く。

「まだか……」

誰か来ないか、もう一度周りを見回すが、一向に気配はなかった。

荷を積んだ一台目のトラックが、正門から出ていく。作業は早い。

このまま指を咥《くわ》えて見ているわけにもいかない。

つばきは撮影した画像を蘭子に送り、その場から駆け出した。草むらに身を隠しながら倉庫へ走る。

倉庫が近づくほどに、作業している音が大きくなってきた。ガシャガシャと響く金属音が耳に刺さる。

埃を吸って咳《せ》き込みそうになる。肘裏《ひじうら》で口元を押さえて一、二度咳《せき》をし、裏門の通用口へ回った。

倉庫内の作業に人員を取られているようで、裏手に人影はない。

つばきは注意しながら、中へ入った。倉庫裏の通用口に駆け寄り、ドアノブに手を掛ける。少し開いて、中を覗いた。

マグネット付き重機や油圧ショベルが忙《せわ》しなく動き、鉄くずをトラックの荷台に積み込んでいる。その音は腹に響くほど大きく太い。

つばきが身を隠していた鉄くずの山は、すでに半分ほどなくなっていた。

騒音の合間に男の怒鳴り声が聞こえる。どうやら、指示をしているようだが、よく聞き取れない。

ただ、この勢いで処理されれば、あと三十分もすると、倉庫内はもぬけの殻になってしまうだろう。

踏み込んで、作業を中止させ、応援を待とうかとも考える。が、すぐに頭《かぶり》を振った。

一人で、ここにいる屈強な男たちを押さえるのは至難の業だ。誰かを逮捕したにしても、こちらの違法性が問われ、無罪放免となるだろう。そうなれば、敵に時間を与えることにもなりかねない。

つばきは倉庫の外壁を回り、搬出入口の方へ回った。トラックを運転している男たちの写真を撮ろうとポケットの中でスマホを握る。と、今、荷積みをしているトラックの運転手と助手席にいた男が降りてきた。ドアを開けたままだ。

重機を操っていた男の下に行き、何やら大声で話している。開いたドアが目隠しになって、次に並んでいるトラックからも、荷積み中のトラックの運転席は死角になっていそうだ。

つばきは神経を尖《とが》らせつつ、陰から飛び出した。身を低くして、男たちの動きを目の端で確認し、グリップをつかんで、運転席に乗り込んだ。ダッシュボードに隠れるよう、身を屈《かが》めたままフロントガラスから前方のトラックの様子を見やる。

運転手と助手の目は手元に向いていた。スマホを見ているようだ。

シートの後ろを見た。カーテンがある。大型トラックには、シートの後ろに仮眠が取れる小部屋があることが多い。

つばきはカーテンの向こうに飛び込んだ。敷きっぱなしの薄い布団に転がると、汗の臭いがムンと鼻を突いた。

男たちの声が近づいてくる。つばきは毛布をつかみ、頭から被《かぶ》った。くるまった中の暗がりでスマートフォンを出し、地図アプリを起動させる。

そして、蘭子にメッセージを送ろうとした。

が、男たちが乗り込んでくる物音が聞こえ、スマホを伏せた。

「まったく……永正の連中は、荷の積み方も知らねえのか」

運転席の方からしゃがれた声が聞こえた。

「ホントっすね。重いのを一番後ろに載せられたら、前輪浮いちまうってえの」

助手席の若い声の男がドアを閉めた。運転席のドアも閉まる。シートベルトがこすれる音がした。

「社長、なんでこんな連中の倉庫使ってるんですかね？」

「知らねえよ。つまんねえこと言ってると、沈められんぞ」

「すみません。気をつけます」

若い声の男が小声で詫《わ》びる。

こんな連中というのは、永正鉱業社の社員のことか。社長というのは、このトラックの持ち主のことだろう。中岡だろうか？

つばきは聞き耳を立てながら、思考を巡らせていた。

と、若い声の男がしきりに洟《はな》を啜《すす》るような音が聞こえてきた。

「あれ？　ミネ社長、なんかいいニオイしませんか？」

運転席の男はミネと言うようだ。

「何言ってんだ？」

「いや、なんか、いい女のニオイがするんですよ」

それを聞いて、つばきは身を強《こわ》ばらせた。全身にすうっと寒気が走る。

「何のニオイだ？」

若い声の男の鼻息が激しくなる。

カーテンに手がかかり、レールがカシャッと鳴る。つばきはスマホを置いて、両手の拳《こぶし》を握り締めた。

と、トラックのドアがドンドンと叩《たた》かれた。

運転席の窓が開く音がした。

「積み終わったよ！」

「崩れねえだろうな？」

「大丈夫、しっかり積んだから」

「頼むぜ、ホントに」

ミネは言うと、エンジンをかけた。

「ほら、犬みたいに嗅《か》ぎ回ってねえで、シートベルトしろ！」

「すんません」

若い声の男は、カーテンから手を離し、シートに戻ったようだ。

まもなく、エンジンがかかり、トラックが動き出す。

つばきはバレないように深く息を吐いた。

少し走ったところで、スマホを取り、毛布の下でメッセージを打ち始めた。

5

りおは、つばきの待つ永正鉱業社まで急いでいた。

さっきからスマホのメッセージや電話の着信音が何度も鳴っている。

しかし、まずはつばきと合流することが大事だと思い、無視して、運転に集中していた。

と、いきなり、警察用の無線から、怒鳴り声が聞こえてきた。

――彩川！　電話に出ろ！

蘭子の声だった。

びくっとして、ハンドルを強く握ってしまい、車体が蛇行する。後ろの車にクラクションを鳴らされ、さらにびっくりして、アクセルを踏んでしまった。

前の車のリアバンパーが迫り、衝突防止装置の警報音が鳴り響く。りおは急ブレーキを踏んだ。二車線道路の中央線を跨《また》いで停まる。後ろから来ていた乗用車二台が、あわててブレーキを踏んだ。

スキール音が響き、二台はギリギリのところで停まった。

周囲のドライバーに車内から頭を下げ、車を路肩に寄せる。

——彩川！　起きてんのかい！

蘭子の怒鳴り声が響き、びくっとして顔を起こした。

無線機を取る。

「こちら、彩川！　起きておりますです、どーぞ！」

——どーぞじゃねえんだよ！　今、どこだ？

「中山道《なかせんどう》を北上中。荒川《あらかわ》を越えたので、戸田《とだ》あたりです」

伝えると、声が替わった。

——彩川君。

野田坂の声だった。

——永正鉱業社には、別の課員を向かわせる。君は一ノ瀬君の指示に従うように。

「承知しました」

返事をすると、また蘭子に替わった。

――そこのタブレット、起動しな。

蘭子が言う。

ダッシュボードのセンターに、警察専用のタブレットが設置されている。これは、マップ表示に使うこともあれば、不審者の身元照会に使用したり、捜査情報のやり取りを行なったりすることもある。

「起動しました」

――マップを出しな。

蘭子に言われ、マップを表示する。

「表示しました」

――ちょっと待ってな。

言うと、何やらカチャカチャとキーボードを叩《たた》く音やマウスをクリックする音が聞こえてきた。

画面の瞬きを目の端に捉《とら》え、りおはタブレットを見やった。

東北自動車道の浦和《うらわ》インターチェンジあたりで赤い印が点滅していた。赤い印は少しずつ南下している。

――赤い点滅、あるかい？

「はい。東北自動車道ですね？」

――そうだ。それを追ってくれ。

「いいですけど……。永正鉱業社へは行かなくていいんですか？」

りおが訊《き》く。

無線の向こうから、ため息が聞こえてきた。

――その赤い点滅は、永正鉱業社から部材を運び出したトラックだ。それに、椎名が乗ってる。

「先輩が！」

目を丸くする。

――あのバカ、勢いで飛び乗っちまったんだ。そのまま、部材が運ばれるところを突き止めるんだと。まったく、無茶にも程があるよ。

また、ため息が聞こえる。

――追尾して、トラックが行き着く場所を特定して。着いたら、一人で助けようとするんじゃないよ。必ず、私か、野田坂課長に連絡を入れて。サイレンも鳴らすなよ。相手に気づかれたら、椎名がヤバいからね。点滅は、椎名のスマホの信号を受信しているもの。見失ったら、マップの左の電話番号の窓に椎名の携帯番号を入れて検索するか、車両ナンバー窓にトラックのナンバーを入れて調べてみて。わからなければ、すぐ私に連絡すること。わかった？

「承知しました。彩川、向かいます！」

りおはアクセルを踏み込んだ。

タイヤが鳴る。その音が届いたのか、無線の向こうから、蘭子のため息が響いた。

6

つばきを乗せたトラックは、東北自動車道から東京外環自動車道、京葉《けいよう》道路を経由して、千葉県市原《いちはら》市へ入った。

大仏《だいぶつ》通りを東進し、山の中へ入っていく。荒れた山道にトラックが揺られ、仮眠室に寝そべっていたつばきの体も弾む。

やがて、トラックは平坦《へいたん》な場所に出て、速度を落とし、停《と》まった。

着いたのか……？

つばきはずれた毛布を被《かぶ》り直し、息を潜めた。

毛布の中で、スマートフォンの画面を見る。電波は途切れていない。場所は特定できただろうと思い、ホッとした。

トラックのエンジンはかかったままだ。

パワーウインドウが開き、外の音が聞こえてくる。けたたましい重機の音や鉄くずが重なり合う金属音だ。

「社長、どこに持ってきゃいいんですか？」

ミネの声だ。

ミネも若い男から〝社長〟と呼ばれていた。ミネが声をかけている〝社長〟とは誰だ？

つばきは聞き耳を立てた。

「ここで待機してろ」

しゃがれた太い声が聞こえてきた。

「わかりました」

ミネが返事をする。

ウインドウが閉じて、外の音が小さくなった。

「待機ですか。めんどくせえなあ」

若い男が愚痴をこぼす。

「中岡《なかおか》さんに言われりゃ、従うしかねえからな。ここの仕事は金になるし」

ミネが言った。

なるほど、外にいた男が中岡か。

つばきは会話を聞いて、図式を頭の中で組み立てていた。

どうやら、ミネは運送会社の社長で、中岡の仕事を引き受けている者らしい。

関係者には違いないな……。

つばきが聞いた話をＬＩＮＥで連絡しようと文字を打ち始めた時、トラックがいきなり動きだした。

体が揺さぶられ、あわてて壁に手をついた。

と、トラックが停まった。

「今、なんか音しなかったか？」

ミネが言う。

「いや、何も聞こえなかったですけど」

若い男が答えた。

「ちょっと見てこい」

ミネが命じる。

若い男はため息をついて、トラックを降りた。

車内には、ミネとつばきが残された。つばきは気づかれないよう、息を押し殺す。

ミネも車外に出てくれないと身動きの取りようがないものの、ここまで来たら、中岡が管理する倉庫も探ってみたい。

どうするか思案していると、若い男が戻ってきた。ドアが開く音がし、乗り込んでくる。

「特に、瓦礫《がれき》にぶつかったとかなかったですよ」

「そうか。何の音だったんだろうな……」

ミネがつぶやく。

と、運転席のドアが叩《たた》かれた。ミネがウインドウを開けた。

「何やってんだ！　さっさとトラックをバックで入れろ！」

中岡の声が聞こえてきた。

「すみません！　すぐに！」

ミネが返事をする。

「中岡さんが外から叩いていたのか」

「そうみたいですね」

若い男がうなずく。

つばきは胸を撫《な》で下ろした。

トラックが大きく曲がった。切り返しているようだ。一度大きく回り、そのままバックし始める。広い場所らしい。

トラックが停まった。エンジンが切られた。運転席のドアが開く。

「あれ、社長？　降りるんですか？」

「当たり前だ。おまえも降りねえと、スクラップにされちまうぞ」

「えっ！　トラックごと放り込むんですか」

「そういう指示だったろう。おまえ、全然説明聞いてねえんだな」

ミネが言う。

つばきは蒼《あお》ざめた。

「そんなことはないんですけど。私物があるんで、取って降ります」

「早くしろよ。中岡さんを怒らせると面倒だからな」

ミネがトラックを降りた。

若い男は仮眠室のカーテンを開いた。

つばきの全身がこわばった。

「やっぱ、なんかいいニオイがするなあ」

くんくんと鼻をひくつかせ、毛布に手をかけた。

仕方ない――。

つばきは、若い男が引っ張った瞬間、毛布を撥《は》ね上げた。

「うわっ！」

頭から毛布を被った男は、驚いて助手席から崩れ落ちた。ダッシュボードに頭をぶつける。

「誰だ！」

毛布を外そうともがく。

つばきはその隙に仮眠室から飛び出した。若い男の頭を踏んづけ、助手席のドアを開ける。

そのまま飛び降りようとした時、若い男がつばきの足首をつかんだ。

つばきの上半身が放り出されそうになる。とっさに枠をつかんで体を支えた。そして開いた足の底で男の顔面を踏みつけた。

男が奇妙な呻《うめ》きを漏らした。手の力が弛《ゆる》む。その隙に車外へ飛び出た。

着地する前に、左右を見やる。人はいないが、頭上で巨大なスクラップ用のリフティングマグネットが揺れている。

運転席側のドアの陰で、誰かが手を上げている様子が見えた。

重機のアームが動き始め、巨大マグネットが近づいてくる。

荷台に積んでいた鉄くずが強い磁力にばらばらと吸い寄せられ、トラックまで揺らぎ始めた。

助手席のシートとグローブボックスの間で、毛布を被ったままの若い男が揺られるままに揺らいでいる。

気絶しているようだ。

運転席側で手を上げた誰かは、助手席のドアが開いたことで、若い男が降りたと判断したのかもしれない。

今のうちに隠れたいところだが、このままでは男までスクラップになってしまう。

逡巡《しゅんじゅん》したが、つばきは助手席のステップに足をかけた。

トラックが時折、浮き上がる。つばきは背中で開いたドアを押さえ、昇降グリップを右手で握り、左手で毛布を剝《は》ぎ取った。

男は気を失っていた。シートの縁に背中をつけ、ぐらぐらと揺れている。

つばきは男の左肩をつかんだ。

「起きろ！」

怒鳴るが、重機の騒音に掻《か》き消される。

「起きろ、死ぬぞ！」

引っ張っても力なく揺れるだけ。

トラックが完全に浮き上がった。

「くそっ！」

つばきは両手で男の肩をつかんだ。

思いっきり仰《の》け反り、男を引っ張る。トラックの右側が大きく跳ね上がった。

拍子に、男の体がずるっとずれた。

つばきはステップを思いきり踏み蹴《け》った。

トラックが上がっていく。つばきと男は放り出されるようにコンクリートの床に落ちた。

背中を打ちつけた男が「うっ」と呻きを漏らした。つばきも背中をしたたかに打ち、息を詰める。

トラックが二メートル上がったところで、重機が停まった。

「何やってんだ、バカ野郎！　死にてえのか！」

クレーン操作をしていた作業員が怒鳴る。

その声を聞きとがめ、フロアにいた男たちの目が一斉につばきたちの方に向けられた。

「おまえ、誰だ？」

正面にいる小柄で短髪の中年男が睨《にら》んできた。声からすると、この男がミネと思われる。

クレーンが停まる。

つばきは壁際に下がりつつ、三方に視線を向けた。つばきを認めた男たちが半円状に囲んでいた。

と、ミネの横にいた細い眼鏡をかけた浅黒い男がつばきを見据えた。

「おまえ、三課のデカか？」

しゃがれた太い声。中岡だ。

刑事と聞いて、周りの男たちは殺気立った。

つばきは中岡を睨み返しながら、目の端で逃げ道を探した。

向かって左側が、トラックの搬出入口になる。その先には広いコンクリートの敷地が開けている。トラックなどの待機場所だろうか。

右側には鉄くずが積み上がっている。

逃げるなら左側しかない。

中岡に顔を向けたまま、隙を窺《うかが》う。

「逃げる気マンマンといった顔してんな。閉めろ！」

中岡が怒鳴った。

搬出入口の近くにいた男が、柱のボタンを押した。電動シャッターがガラガラと音を立てて下がり始める。

まずい……。

つばきはとっさに体を左に向けた。囲んでいた男たちが左側に集まり、壁を作る。

「ほらほら、早く逃げねえと閉まっちまうぞ」

中岡はにやにやしながら言った。

搬出入口側にいる男たちの壁が、じりじりとにじり寄ってくる。

つばきは男たちを睥睨《へいげい》しつつ、後退した。

どうする……。

肩越しに背後を見やる。その目に、クレーン車が映った。

つばきは踵《きびす》を返し、奥へ走った。クレーン車のステップに足をかけ、上がりざま運転手の肩をつかむ。

運転手は突然のつばきの行動に驚き、身を固くした。

「どきな！」

両手で肩を握り、背を反らして全体重をかけ、男を引いた。

男の尻《しり》が浮き上がり、車外へ前のめりになる。つばきは右手で枠をつかみ、左手で男を外へと放り投げた。

男がつんのめって、床へダイブする。

中岡の顔が険しくなった。

「捕まえろ！」

倉庫内に怒声が響く。

つばきはキーを回した。ぶるぶるっと車体が揺れ、エンジンがかかった。しかし、扱いがわからない。

男たちがつばきに向かって、群れになって迫ってくる。

つばきは左のレバーを引いた。

と、車体上部が左に回転した。

「あぶねえ！」

男の一人が叫ぶ。放り出された運転手は頭を抱え、男たちの方へ走っていった。

つばきはあわてて、左のレバーを戻し、右のレバーを引いてみた。

今度は車体上部が右へ回った。

トラックの付いたマグネットが振り子のように揺れる。荷台に積んだ鉄くずがばらばらと飛び散る。

つばきは思わずレバーを握った。

車体上部はさらに加速し、右へ回転した。遠心力で車体の固定部のネジが飛び、めりっと剝がれて傾く。

つばきはとっさに車外へ飛び出した。着地すると同時に前回り受け身を取り、立ち上がる。

クレーン車が倒れた。支柱を失ったトラック付きの巨大なマグネットが宙を飛ぶ。そのまま、倉庫の壁に激突した。

鼓膜を破らんほどの轟音《ごうおん》が響いた。

中岡たちもつばきも、頭と顔をガードした。

鉄くずをまき散らしながら、トラック付きのマグネットが倉庫の壁を突き破った。

壁に大きな穴が空き、光が射《さ》す。

つばきは鉄くずの山を回り込み、壁に空いた穴に走った。

「逃げるぞ！」

中岡の声が上がる。

男たちも壁の穴に向かって走ってくる。

つばきは床に落ちた鉄くずをつかんだ。男たちに投げつける。

男たちの足が一瞬止まった。

その隙に壁の穴の前にたどり着いた。

つばきはそのまま身を屈《かが》め、穴に向かって飛んだ。

右二の腕に折れ曲がった壁内の鉄骨がひっかかり、袖《そで》が破け、肉が裂けた。一瞬、びりっとした痛みを覚えたが、つばきはかまわず、トラックの出入口があると思われる左手のコンクリートの広い敷地に向かって走った。

「そっちに行ったぞ！」

男の叫ぶ声が聞こえた。

背後から男数人が追ってくる。同時に、搬出入口のシャッターが開き始めた音も聞こえてきた。

つばきは倉庫前の敷地に出た。二百メートルほど先に鉄格子の大きな門が見える。

「待て、こら！」

背後から怒号が飛んできた。

つばきは振り返らず、門へ向けて走ろうとした。

が、門の方からも男たちが倉庫に向かって走ってきていた。六人、七人……。結構な人数だ。

つばきは五十メートルほど門に近づいて、足を止めた。男たちの壁に前後を阻まれた。

男たちはじりじりと間合いを詰めてくる。

つばきは横を向いて、左右を見た。

倉庫側へ戻っても袋小路。門の方へ行かなければ逃げようもないが、簡単には通してくれなそうだ。

倉庫側の男たちの壁の後ろから、中岡が声をかけてきた。

「おとなしく捕まりゃ、殺しゃしねえ。多少の痛い目には遭ってもらうことになるがな。捕まえろ」

中岡が命じた。

男たちが一気に左右から迫ってくる。

つばきは門側の男たちに向かって走った。男たちはつばきが突然向かってきて、一瞬怯《ひる》み、足を止めた。

走りながら即座に相手の力を値踏みする。

向かって左端の男が線も細くひょろりとしていて弱そうだ。

つばきは左の男を睨みつけ、加速した。手前で飛び上がり、右膝《みぎひざ》を折る。跳び蹴《げ》りを食らわせるつもりだった。脚を伸ばす。

男はにやりとした。ポケットに手を入れたかと思ったら、何かを振り上げた。閃光《せんこう》が視界を掠《かす》める。

つばきの脛《すね》にチクッとした痛みが走った。

とっさに男の胸を蹴り、左脚で着地した。そのまま後方に転がり、立ち上がる。

右脚をつくと、膝が少し沈んだ。

足下を見る。パンツの脛の部分が切れていて、血が溢《あふ》れていた。

「ナメられたもんだなあ」

左端の男は、手に持ったナイフの刃を舐《な》めた。

つぶやきを耳にし、門側に並ぶ男たちが一様に不敵な笑みを浮かべる。

倉庫側の男たちの半分しかいないが、精鋭が集まっているといったところか。

まいったな……。

腕や脛の傷の疼《うず》きを感じながら、もう一度、左右が見える体勢に構えた。

男たちは半円に広がり、完全につばきを取り囲んだ。背後は敷地を区切る高い外壁。動きようがない。

このまま突っ込むか、あえて捕まって、脱出機会を探るか。男たちの動きを注視しながら、思考をぶん回す。

その時、門の方からエンジン音が轟《とどろ》いた。

車が突っ込んできた。鉄門を突き破り、つばきたちの方へ向かってくる。

車はさらに加速する。半分取れたバンパーが地面を削って跳ね上がり、吹き飛び、倉庫の壁に突き刺さる。

男たちは突然のことに固まった。

その列に車はブレーキをかけず、突入した。

「あぶねー！」

数人の男が左右に散った。

が、逃げ遅れた男が撥《は》ねられた。フロントガラスにぶつかり、宙で二回転して地面に落ちた。

車は奥まで行き、急反転した。スキール音が鳴り響き、白煙が上がる。そしてまた、男たちに突っ込む。

男たちは逃げ惑った。

車がつばきの前で停まった。助手席の窓が少し開く。

「先輩！」

りおの声だった。

つばきはすぐさま助手席のドアを開け、飛び乗った。

「出して！」

叫ぶ。

りおはアクセルを踏み込んだ。

タイヤが唸《うな》り、急発進する。つばきの体がシートに押しつけられる。勢いでドアが閉まった。

「何やってんだ！　追え！」

中岡が怒鳴った。

トラックやワゴンが一斉に動き出す。

りおは正面を睨《にら》み、とにかくアクセルを踏んだ。崩れかけた鉄門をもう一度突き破り、道路に出る。

簡易舗装された山道だ。幅は狭いが、りおは躊躇《ちゅうちょ》なく飛ばす。

が、つばきは蒼《あお》い顔をして、アシストグリップを握り締めていた。

「彩川《あやかわ》、落ち着け！」

「大丈夫です！」

と返すりおの声が裏返っている。

揺さぶられながら、バックミラーを見やる。トラックやワゴンが追ってきていた。慣れているからか、車列はどんどん迫ってくる。

つばきは無線機を取った。

「聞こえるか！」

怒鳴る。

──おー、椎名《しいな》か。逃げ出せたのか？

蘭子《らんこ》の声だった。

「逃げてる最中だ！　位置はわかるか！」

──ああ、大仏通り脇の山ん中だね。

「追われてる。手配しろ！」

──オッケー。そのまま南下しろ。そうすりゃ、大仏通りに出る。出たら、右に行って道なり。約五分で茂原《もばら》街道に突き当たる。そこに手配させる。

「わかった」

つばきは無線機を投げた。ダッシュボードとアシストグリップをつかんだ。

「そのまま下って、広い道に出たら右だよ！」

「了解！」

りおは跳ねてぶれるハンドルを握り締め、小刻みに操作しながら、山道を下っていく。

つばきは再び、バックミラーを見た。先ほどより、車列との距離が縮まっている。

あとは、りおに任せるしかない。

つばきはバックミラーから視線を外し、ヒビの入ったフロントガラスから前方を見据えた。

木々の隙間を縫うような曲がりくねった道を下る。ハンドルを取られそうになりながらも、なんとか踏ん張って敵に追いつかれずに走らせていると、ちらちらと広い舗装道路が見えてきた。

「もうすぐだよ！」

「がんばります！」

りおは前方に集中した。

左にハンドルを切ったところで、直線の先に道路が見えた。

「そこを右！」

「はい！」

りおは右を見た。ハンドルも少し右に切る。

その目の端に軽トラックが飛び込んできた。

りおはあわてて左にハンドルを切った。軽トラックも左にハンドルを切る。けたたましいブレーキ音が響き、軽トラックがスピンする。

りおの車は、左に急ハンドルを切って、左側面が浮き上がっていた。そこに、スピンした軽トラックの後方がぶつかった。

片輪走行で揺れた車が、正面の低いガードレールに突っ込んだ。

ブロックにタイヤが跳ね、車体が浮き上がった。宙で反転する。

車はガードレールの向こう側に広がる雑草の敷地に天井から落ち、二回、三回と転がり、生えていた木の幹にぶつかって停まった。

逆さになった車からは、白い煙が出ていた。

つばきは助手席から這《は》いだした。額をどこかにぶつけたらしく、血が流れている。

しかし、拭《ぬぐ》うことなく、すぐに運転席へと回った。

りおはシートベルトに吊《つ》られ、エアバッグに顔を埋《うず》めていた。動かない。

軽トラックの運転手が降りてきた。六十過ぎと思われる小柄だが筋肉質のおじさんだった。

「大丈夫か？」

路肩から声をかける。

「なんか切るものないですか！」

つばきが叫んだ。

「ちょっと待ってろ！」

　おじさんは軽トラックに戻ると、鎌を取ってきた。

　つばきに駆け寄る。

「大丈夫かい？」

　運転席を覗《のぞ》き込む。

「救急車を！」

「わかった」

　おじさんは、ガラケーを出し、一一九を叩《たた》いた。

「あー、もしもし！　事故だ、事故！」

　おじさんの声を聞きながら、つばきは尖《とが》った石でサイドガラスを壊し、鎌を中に突っ込んだ。

　白い煙が濃くなってきた。ガソリンの臭いも漂う。

　つばきはシートベルトを切った。りおの体がシートから離れる。

　運転席のドアを開けようとしたが、歪《ゆが》んで開かない。

「連絡したぞ！　すぐ来るそうだ！」

　おじさんが言う。

「手伝って！」

　つばきはりおの右腕をつかんだ。

察したおじさんが、壊れた窓から腕を入れ、りおの左腕をつかむ。

「せーの！」

つばきが声をかけ、同時に引っ張り出す。気絶している人間は重い。体が半分出た。

そこで、何かが焦げる臭いが鼻をツンと突いた。

「もう一度！　せーの！」

つばきとおじさんは、渾身《こんしん》の力を込め、りおを引いた。りおの体が車外に出る。

つばきはりおを抱えようとした。

「何やってんだ？」

「離れて！　危ない！」

エンジン部から火が出た。

おじさんは目を見開き、りおを抱え上げた。

道路の方へ走る。

気化したガソリンに火が点《つ》いた。ボンと音がし、車が猛火に包まれた。

おじさんはびっくりして、りおを抱えたまま倒れた。つばきも地に伏せる。

そのまま顔を上げ、道路の反対側を見た。追ってきているはずの車は、山道から出てきていない。

助かったか……。

おそらく、予期しなかった事故で第三者が絡んだのを見て、追跡を断念したのだろう。

災難だったが、不幸中の幸いだ。

「すみませんが、救急車が来るまで、ここにいてもらえますか」

つばきが頼む。

「わしも当事者だからな」

「すみません、巻き込んでしまって……」

つばきは詫《わ》びると、そのまま気を失った。

7

つばきたちを追っていた男たちは、倉庫に戻っていた。

つばきが破壊した倉庫内に男たちが集まっていた。

中岡は正座したミネと若い男の前にいた。二人は他の男たちに囲まれている。搬出入口はトラックで塞《ふさ》がれていた。

「おい、どういうことだ？　女のデカをここへ連れてくるとはよ！」

中岡はズボンのポケットに手を突っ込んだまま、ミネの腹に蹴《け》りを入れた。

ミネが呻《うめ》いて、前屈《まえかが》みになる。

中岡は若い男を見た。

「ま、待ってください！　オレはなんか女のニオイがするんで、調べようとしたんですよ！　でも、ミネ社長がいいって――」

「調べてねえなら同罪だ、こら！」

爪先《つまさき》を蹴り入れる。

若い男は目を剝《む》いて腹を押さえ、前のめりになって咳《せ》き込んだ。

「てめえらのせいで、ここも引き払わなけりゃならなくなったが、大仏通りは警察やら消防やらで自由に通れねえ。女どもがしゃべりゃ、ここへも踏み込んでくるだろう。どうするんだよ？」

ミネの太腿《ふともも》を爪先で小突く。

「なんとか、うちの連中だけでここから荷を運び出します」

「なんとかって、どうすんだ！」

怒鳴って、頭を踏みつける。

ミネはとっさに手で受けようとしたが間に合わず、地面に顔面をぶつけた。前歯が折れ、血が飛散する。

「てめえらがパクられりゃ、ますます困るじゃねえか。違うか？　脳みそはあるのか？」

中岡は靴底をグリグリと動かした。横を向いたミネの口から血がドクドクと溢《あふ》れる。

と、中岡のスマートフォンが鳴った。ポケットからスマホを出す。

画面を見た中岡の表情が険しくなった。

「こいつら、痛めつけとけ」

部下に命ずる。

周りにいた男たちは、転がっている鉄くずやパイプを握り、ミネたちに暴行を始めた。

倉庫に悲鳴と怒号が飛び交う。

中岡は倉庫から出て、電話を繋《つな》いだ。

「もしもし、すみません、ちょっとトラブルがありまして。はい……はい。全部ですか！　わかりました。すぐに……」

電話を切って、大きなため息をつく。

ポケットにスマホをしまいながら、倉庫内へ戻る。

「やめろ」

声をかけると、武器を持った男たちが下がった。真ん中では、ミネと若い男が倒れていた。

衣服は男たちの靴底の汚れで真っ黒。顔は腫《は》れ上がり、原形を留《とど》めない。砂ぼこりは飛び散った血で固まっていた。

「盗品の保管庫をすべて燃やせとの命令が出た」

「全部ですか？」

男の一人が訊《き》く。

「全部だ。手分けして、火を放ってこい。中の盗品もそのまま燃やしちまえとのことだ。通りのサツに見つからねえよう、歩いて山を下りろ。すぐかかれ！」

中岡が命じた。

男たちは武器を放り、散り散りに出ていった。

数名が中岡と共に残った。

「こいつら、どうします？」

朦朧《もうろう》として呻くミネと若い男を見下ろす。

「一緒に焼いちまえ。使えねえ連中はいらん」

そう言うと、ミネの顎《あご》を思いっきり蹴り上げた。

第4章

1

つばきとりおは、事故現場から近い千葉県内の病院で応急処置を受けた後、東京の中野区にある警察病院へ移送されていた。

事件性はあきらかだったので、二人の保護を兼ねての措置だった。

蘭子《らんこ》は、つばきの病室に来ていた。

「あんたも無茶するねえ」

ベッド脇のパイプ椅子に腰かけ、微笑《ほほえ》みかける。

「まさか、連れていかれるとは思ってなかったよ」

つばきも微笑み返す。

顔や腕、足のあちこちには絆創膏《ばんそうこう》が貼られ、包帯が巻かれていた。移送時に付けていた点滴の管は、もう外されていた。

「中岡《なかおか》たちは？」

「見事に消えたよ。あんたが見つけた現場に火を放ってね」

「隠滅したってこと？」

「だろうね。他、この三日間で首都圏の各地で倉庫の火事が相次いだ。中岡の関係しているところが多かったから、今、三課が総出で調べてるよ。ついでに、市原《いちはら》の現場からは、丸焦げの二つの仏さんが出てきた」

　蘭子が伝える。

　つばきの脳裏に、自分をトラックに乗せて運んだミネと助手の若い男のことがよぎった。

「今、身元の確認中だよ」

「そう……」

　自分の関わった案件で死者が出るのは、胸が痛い。

「彩川《あやかわ》は？　それと、事故に巻き込んだおじさん」

「軽トラックのおやじさんは、ほぼケガなし。あんたらのこと、ものすごく心配してたよ」

「迷惑かけちゃったな」

「まあ、大事にならなくてよかった。彩川は、ケガはあんたよりひどいけど、命に別状はない。極度の緊張から解放された脱力感と事故を起こしてしまった罪の意識で、ちょっとメンタルが落ちてるけどね。そこはすぐ復活すると思う」

「そこは？」

つばきが訊《き》き返した。

「あんただけに話しとくよ」

蘭子はスマートフォンを出した。

画面に一枚の写真を表示し、つばきに差し出す。つばきはスマホを受け取って、画面を見た。

古そうな写真には、目が小さくて下膨《しもぶく》れのおたふくのような女の子の顔が写っていた。笑っていたが、その笑顔はどこか自信なげで弱々しい。

「この子がどうかしたの？」

つばきは蘭子を見やった。

「誰だと思う？」

蘭子が訊く。

つばきは記憶をたどってみたが、思い当たるところはなかった。

「私、会ったことある？」

「あるも何も、ついこないだ、おまえを助け出した」

「えっ」

つばきはもう一度、画面に目を向けた。

「まさか……」

「そのまさか。彩川だよ」

蘭子が言った。

つばきは目を見開いた。

「彩川、事故で顔をケガしてね。その治療にあたった医者が整形の痕跡《こんせき》を見つけたんだよ。鼻や目はもちろん、顎の骨も削って、奥歯を四本抜いてたみたいだ。結構な手術だよ。で、気になって、彩川の持ち物を調べてみたら、財布の中からその写真を見つけたんだ」

「整形してたのか……」

「さらに、ちょっと彩川の経歴を調べてみた。あの子、小学四年の頃から十八になるまで不登校だったんだよ」

蘭子が淡々と語る。

つばきは写真を見つめながら、黙って聞いていた。

「ずいぶん、容姿でいじめられてたみたいでね。それで不登校になったらしい。でも、近所の人の話では、とても優しくて挨拶《あいさつ》のできるいい子だったという評判しか聞こえてこなかった」

「見た目だけでいじめられてたってこと？」

「だろうね。誰からどんなふうにいじめられていたのかまでは調べてないけど」

蘭子がため息をついた。

りおが優しいというのは腑《ふ》に落ちる。

彼女は犯罪者と接しても、時折、包み込むような雰囲気を醸《かも》し出す。あの空気感は、本当に人に優しい者しか出せないものだ。

一方、ブスやぶさいくという言葉を耳にすると、人が変わったように激しい怒りをあらわにする。

過去の記憶が呼び覚まされて、湧きあがる怒気を抑えられないのかもしれない。

小学四年から十八までひきこもっていたなら、十年近くは負の感情にさいなまれていたことになる。

極端な感情の振れ幅も無理ないか……とも思う。

「もう少し、詳細を調べてもいいかなと思ってるんだけど、どうする？」

蘭子が訊いた。

「いいよ、もう」

つばきはスマホを蘭子に返した。

「あの子がどうしてあんなふうになるのか、わかっただけで十分。これ以上、過去の傷を掘り返すことはないよ」

「……だな」

蘭子は微笑み、スマホをポケットに入れた。

ドアがノックされた。

蘭子が「どうぞ」と声をかける。

杉平《すぎひら》が顔を覗《のぞ》かせた。

「椎名《しいな》、具合はどうだ？」

ベッド脇に立って、笑顔を向ける。

「もう大丈夫です。ご迷惑をおかけしました」

寝たまま、詫《わ》びる。

「捜査にトラブルは付きものだ。あと二、三日ゆっくりして、万全の体調で復帰しろ」

「ありがとうございます」

つばきはうなずいた。

「杉さん、火災の件は調べつきました？」

蘭子が訊いた。

「ほとんどの倉庫が、中岡の会社や永正鉱業社《えいしょうこうぎょうしゃ》と契約していたところだった。で、関わりのあるそれらの倉庫の出火原因は放火と断定されている」

「やはり、証拠隠滅に火を放ったんですね」

つばきのつぶやきに、杉平が首肯《しゅこう》した。

「燃えた廃材の中から、首都圏各地で頻発していた基地局窃盗の部品も出てきたよ。今、各都県の三課が合同で調べている」

「他にも吉祥寺《きちじょうじ》や渋谷《しぶや》の件と似たような事案があったんですか？」

「ああ。都心ほど大胆なものではないんだが、ちょこちょこと基地局の部品がごっそり盗まれるという事案が出ていた。散発的だったんで、各都県の担当部署は、鋼材の売買目的の窃盗だとみて、各担当部署で個別に捜査していたようだな。うちもそうだったが、渋谷と吉祥寺の件で、もしかしてと思って各署が照会したら接点が出てきたというところだ」

「それほど広域で盗みを繰り返しているということは、直接盗む連中はともかく、その後の販路や換金に関してはしっかりした組織がないと無理ですね」

　蘭子が言った。

「今のところ、中岡と永正が中心人物ではないかと睨《にら》んで探っているが、二人とも雲隠れしたままだ」

　杉平が、捜査の進捗《しんちょく》状況を話す。

　つばきが口を開いた。

「永正の行方も知れないのですか？」

「永正鉱業社が関わっているらしいと判明して以来、永正耕太《こうた》を捜しているんだが、姿を消したままだ。永正については、少し気になる情報もある」

「なんです？」

「永正の家は経堂《きょうどう》にある。小ぶりな一軒家で妻と小学生になる息子との三人暮らしだったそうだが、ここ半年、妻子も含めていなくなっている」

杉平の顔が曇る。

つばきと蘭子の表情も硬くなった。

「住民票は動いてない。家もそのままなんだが、息子は学校を休んでいて、家族の姿を見た近隣の人もいない」

「海外へ行ったのでは？」

蘭子が言う。

「その線も調べてみたが、永正と妻子の出国歴はない。国内のどこかにいるんだろうが」

「ということは、永正鉱業社を運営していたのは、永正ではなかったということですか？」

つばきが疑問を口にした。

「それもあり得る」

杉平の返事を聞き、つばきはふと思い出した。

『永正の連中は、荷の積み方も知らねえのか』

ミネが倉庫でつぶやいていた愚痴だ。

よく考えてみると、おかしな話だ。

永正鉱業社は廃品回収を主業にしている。そこの社員が廃材の積み方を知らないわけがない。むしろ、専門家と言ってもいい。

しかし、ミネの口ぶりからすると、廃材を積んでいたのは、荷積みに慣れていない者のようだった。

「杉平さん。今、永正鉱業社で働いている人たちは、昔からの社員ですか？」

「どういうことだ？」

「倉庫で荷積みをしていた社員たちは素人同然だというような愚痴を、ミネという社長が口にしていたんです。永正鉱業社の業務から考えると、荷積みの素人であるはずはないと思うんですが」

「なるほど。それはいい線だな。少し調べてみよう」

杉平が首肯する。

蘭子が立ち上がった。

「私は、永正の家族の行方を調べてみるわ」

「サイバー班の仕事はいいのか？」

杉平が訊《き》く。

「私が調べてる案件は一段落しましたから」

「そうか。なら、ちょっと頼みたいことがあるんだが」

「なんですか？」

「ＡＲＣのセミナーに行ってきてほしい」

「サイバー関係じゃないんですか？」

蘭子が目を丸くする。

「うちの連中はみな、放火の件で出払っててな。応援を頼もうと思っていたところだ。椎名や彩川の面がすぐ割れたということは、彼らがこっちの動きを警戒しているのは間違いない。できれば、現場にあまり出ていない者をと思っていたところだ」

「それなら、蘭子はうってつけですね。仕事でもプライベートでも、ほとんど表に出てないですから」

　そう言い、つばきが笑う。

「人をひきこもりみたいに言うな」

「ほんとのことじゃない。でも、そういう性格だから、ネットワークの追跡とかできるんだよ」

「そうだな。ありゃ、わしにはできん」

「なんか、褒められてる気がしないなあ」

　蘭子が苦笑する。

「そんなサイバーのプロフェッショナルに申し訳ないが、セミナー潜入、頼まれてくれ」

　杉平は顔の前で手を合わせた。

「杉さんにそこまで頼まれたら、仕方ないか」

　蘭子は渋々引き受けた。

「永正耕太と家族の行方は、私が調べます」

　つばきが言う。

「大丈夫か？」

「あと二日も休めば、元通りですよ」

「無理はしてほしくないが、手も足りない。わかった。それは任せるから、二日間はしっかり休んで回復させること。いいな」

「はい」

つばきは強くうなずいた。

2

盗んだ鋼材の保管庫の処分を済ませた中岡とその仲間は、晴海《はるみ》の港湾地区にある倉庫内に集まっていた。

「中岡さん、何があるんですか？」

中岡の隣にいた男が顔を寄せ、小声で訊く。

「わからん……」

中岡は腕組みをし、険しい表情を覗《のぞ》かせた。

各保管庫の火災がニュースで流れた後、中岡のところに、すぐこの倉庫に集まるよう連絡が来た。

本来なら、中岡に指示を出して、下の者を動かせばいいだけだ。こういう普段とは違った動きが出てくる時はろくなことがない。

一応、倉庫へ入る前に、部下に周辺を探らせた。

とりあえず、妙な連中に囲まれているというようなことはなかったが、中岡は警戒を解いていなかった。

部下たちも怪しげな雰囲気は感じているようで、倉庫内は少しざわざわとしていた。念のために、数名の部下に倉庫が見える場所で監視するよう命じ、不穏な動きを認め次第、連絡を入れるよう指示していた。

今のところ、見張っている部下たちから連絡はない。

四つある通用口のうち、倉庫左奥のドアが開いた。

大柄の鍛えた体にスーツを着た男が二人、先に入ってくる。その後ろから少しグレーがかった髪をバックに流して整えた紳士が入ってきて、その後ろからまた屈強なスーツの男が二人入ってきた。

マスク姿の紳士と男四人は、中岡たちの前までゆっくりと歩いてきた。

中岡は部下たちの前に出て、紳士に歩み寄った。

「お疲れさんです」

腰を低くして、頭を下げる。

紳士は静かにうなずいた。

「全員か？」

紳士が訊いた。

「はい」

中岡は答えた。

紳士はじっと中岡を見つめた。中岡はまっすぐな視線を向けられ、息苦しくなって目を伏せた。

「そうか。諸君！」

紳士が声を張った。

目の前にいた中岡がびくっとする。

「保管庫の処分、ご苦労だった。私は、君たちの会社の大株主、アジアンリテールキャピタル代表の家村茂晴《いえむらしげはる》だ」

紳士が名を名乗った。

部下たちがざわつく。中岡は家村の顔をまじまじと見つめた。

これまで、家村が表に顔を出すことはなかった。

中岡に指示をし、中岡が部下を動かして、ことを遂行するのが常。たまに現場へ顔を出しても名乗ることはなく、中岡が家村の名を口にすることも禁じられていた。

その家村が大勢の部下たちの前で自らを紹介した。

部下たちの口をすべて封じることはできない。それだけに素性を晒《さら》すリスクは高い。

どういう料簡《りょうけん》だ……？

疑念が深まる。

「なかおかや永正鉱業社の時価総額も堅調に推移し、私たちの利益に貢献してくれている。それも君たちの働きがあってこそ。社を代表して、感謝する」

そう言い、家村が頭を下げる。

また、部下たちがざわついた。

中岡の下で働いている者のほとんどは、金も学もなく底辺で生きてきた者たちだ。

家村のような高級スーツに身を包んだホワイトカラーから蔑《さげす》まれることはあっても、感謝されたり、まして頭を下げられたりすることはなかった。

部下たちの間に、戸惑いと、ちょっとした満悦が入り混じっていた。

「今回はちょっとしたトラブルだったが、基本的に、君たちに任せていた仕事は継続するつもりだ。ただ、今はさすがに動くわけにもいかないので、この機会に慰労させてもらえればと思い、こうして集まってもらった」

「慰労？」

中岡が思わず声を漏らした。

家村は中岡を見やった。

中岡はあわてて顔をそむけた。

「ぜひ、海外で羽を伸ばしてきてほしい」

「海外だって？　今、飛行機も飛んでねえだろ？」

前の方にいた部下が思ったことを口にした。

その少々ぞんざいな口ぶりに、中岡は冷や汗をかいた。

家村は見た目や語り口調こそ紳士だが、中身は冷徹非情そのものだ。自分の利益にならない者や逆らう者は容赦《ようしゃ》なく切り捨てる。

家村とはまあまあ長い付き合いになるが、彼に乱暴な口をきいて、その後、行方知れずになった者を何人も知っている。

ちらちらと家村の表情を窺《うかが》う。が、意外にも家村は笑顔を見せていた。

しかし、その笑顔もまた恐ろしい。

「コロナ禍《か》の中、飛行機での渡航は難しいので、クルーズ船をチャーターした。クルーズ船の行き先はインドネシアのリゾート島。政府の役人には話を通してあるので、入国時のＰＣＲ検査などの煩《わずら》わしい手続きは不要だ」

「おれ、パスポートなんて持ってねえんですけど」

真ん中あたりにいた若い男が右手を挙げる。

家村は若者を見やった。

「心配ご無用。パスポートも全員分用意しており、直接クルーズ船の船長に渡してある。乗船時には現地でも使えるクレジットカードを一人一人に渡す。上限のないブラックカードだ。君たちはただ船に乗って、旅を楽しむだけでいい」

家村の話を聞いて、部下たちは高揚した。

傍ら、中岡の表情は浮かない。

家村がそんな大盤振る舞いをするとは思えない。話を聞く限りは体《てい》のいい高飛びだが、中岡には一斉処分のようにしか思えない。

と、後ろの方にいた部下が言った。

「それ、高飛びですか？」

家村に怪訝《けげん》そうな目を向ける。

「俺らを海に出して、そのまま沈めようって腹じゃねえでしょうね」

別の者が眉間《みけん》に皺《しわ》を寄せて、家村を睨《にら》んだ。

彼らの発言で空気が一変した。

中岡は蒼《あお》ざめた。

しかし、家村をよく知らない部下たちのおかげで、肝となる話が飛び出してきた。

先ほどまで弛《ゆる》んだ顔をしていた部下たちも、家村とボディーガードと思われる四人の男を見据えた。海千山千の人生を送ってきた者ばかりだけあって、迫力はある。が、家村も付き人四人も眉《まゆ》一つ動かさない。

家村は笑みを濃くした。

「君たちがそう疑うのも無理はない。むしろ、そうした危機回避センサーを持っていることは称賛に値する。だが、残念ながら、君たちに仕事を任せたのは間違いだったようだ」

「なんだと、こら！」

正面にいた部下が声を張った。

今にも殴り掛からん勢いで前のめりになる。中岡が部下に駆け寄った。

「大声出すんじゃねえ！」

真上から睨みつけて怒鳴り、振り向いた。

「家村さん、すみません」

首を突き出し、大きく頭を下げて詫《わ》びる。

家村は笑っている。しかしその笑顔は面に貼り付けたフォトグラフのように無機質だ。

「いやいや、かまわんよ。威勢がいいのは悪いことではない。ただ、相手も見ずにかかってこようとするのは、無鉄砲というんだがね」

家村が右手を顔の前まで上げ、人差し指を立てた。

倉庫の四隅にあった通用口が開いた。

スーツの男たちがぞろぞろと入ってくる。

「なんだ……なんだ！」

中岡は家村に駆け寄った。

「家村さん、なんなんですか、こりゃ！」

「あれは？」

右側搬出入口近くの通用口からスーツの男たちが入ってきた。

男たちは、ラフな服装の男らの襟首をつかんで引きずっていた。引きずられているのは、中岡の部下だ。みな、顔が腫《は》れ上がり、服はズタズタで血に染まっていた。

中岡は色を失った。

捕まったのは、倉庫を見張らせていた部下たちだった。

スーツの男たちが捕らえた中岡の部下を一人一人、家村のところまで連れてくる。手を離すと、部下たちは一様に地面に伏せた。

誰一人として動かず、呻《うめ》き声も漏らさない。

「これはどういうことだ？」

家村が地面に伏せた人間を冷ややかに見下ろす。

「私の質問に答えろ。こいつらはなんだと訊《き》いている」

少し語気を強めた家村が、足下に転がっていた男を蹴《け》った。

革靴の爪先《つまさき》が脇腹に食い込むが、それでも男はうんともすんとも言わない。

「こいつらはなんだ？」

静かに質問しながらも、執拗《しつよう》に動かない男を蹴り続ける。

男の口から血が噴き出した。地面に跳《は》ねた鮮血が家村のスラックスの裾《すそ》と靴を濡《ぬ》らす。

それでも蹴ることをやめない。

いきり立っていた中岡の部下たちも、ようやく、家村の本質に気づき始めた。

一人、また一人と後ずさりする。一番後ろにいた部下の一人が踵《きびす》を返し、通用口に向かって駆け出した。

それを合図に、部下たちは四方へ散って、四隅の通用口を目指した。

その時、倉庫内に銃声が轟《とどろ》いた。鼓膜をつんざく炸裂《さくれつ》音が、倉庫の壁に反響する。

部下たちの足が止まった。

中岡はそこに目を向けた。真っ先に逃げ出そうとした部下が、血をまき散らしながら宙を舞っていた。

空中で腰が折れ、背中から地面に落ちる。呻き声と共に飛び散ったのは、血の混じった脳みそだった。

至近距離から撃たれ、頭蓋骨《ずがいこつ》が粉砕したようだ。

撃たれた部下の向こうには、銃を構えたスーツの男がいた。その銃口から立ち上る煙が揺れている。

スーツの男たちが中岡の部下を囲うように壁際に散った。それぞれの男の手には銃が握られていた。

中岡の部下たちは、牧羊犬に囲まれた羊のように中央に集まった。

「家村さん！」

中岡はスーツの胸元をつかんだ。

家村が冷たい目で中岡を見据える。

「いくらなんでも、殺すことはないでしょうが！」

怒りに任せて、家村を揺さぶる。

家村はされるがままに揺れていた。右腕を大きく振って、背後から中岡の頬骨に強烈なフックを浴びせる。

中岡の頬骨が鈍い音を立ててくぼんだ。右半分がひしゃげる。

スーツの男はそのままフックを振り抜いた。中岡は左真横に吹っ飛んだ。

家村の目に、歪《ゆが》んだ中岡の顔が一瞬映った。そしてすぐ、視界から消えた。

ゆっくりと中岡に顔を向ける。

「君たちが素直に海外で羽を伸ばしたいと希望すれば、生かす道はあった。私たちの仕事に国境はないからね。だが、君たちは私の申し出を断わった。さらには、監視までつけていた。最初から私に対する信頼はなかったということだね、中岡君」

見つめる。

中岡は呻きながら顔を横に振った。

「いいんだよ。もとより、私も初めから君たちのような小ずるい人間を信じてはいない。信ずるに値しない人々だからね、君たち下位層の人間は」

右手のひらを上に向ける。スーツの男が駆け寄ってきて、銃把《じゅうは》を乗せた。

「君たちは平気で嘘《うそ》をつき、平然と裏切る」

銃把を握って、スライドを引く。ガシャッと音がし、弾が装塡《そうてん》される。

「ミスをすれば、愚にもつかない言い訳を連ね、他人のせいにし、それでも解決できなければ逆切れする」

静かに銃口を中岡に向ける。

「成功すれば、自分たちの力を過信して増長し、恩を忘れて、少しでも多くの目先の利益を得ようと画策する。実に……実に忌むべき存在だ。身の程をわきまえない者は、その命をもって罪を贖《あがな》うほかはない」

引き金に指をかけた。

「お……俺は海外へ行きます！　行かせてください！　向こうで働かせてください！」

中岡の部下の一人が声を上げた。

「おれも行きます！」

「オレも力になります！」

一斉に命乞《いのちご》いが始まった。

哀願する男たちの声が倉庫内に響いた。

「見苦しい」

家村は引き金を引いた。

マズルフラッシュが瞬き、発砲音が轟いた。

男たちが黙り、一瞬にしてシンとなる。

銃弾は中岡の腹を抉《えぐ》っていた。わずかな静けさを中岡の絶叫が切り裂いた。

「うるさい」

家村は再度発砲した。

中岡の太腿《ふともも》に銃弾がめり込み、血が小さな噴水のように飛び散る。

中岡は横になって腹と太腿を押さえ、呻き声を漏らした。ぶるぶると震え、顔じゅうから脂汗が滲《にじ》み出ていた。

「長い間、お疲れさん。感謝を込めて、たっぷりボーナスをやる。受け取ってくれ」

家村は立て続けに引き金を引いた。

弾丸が頭骨を砕き、肺を突き破る。数発の弾をまとめて浴びた腹は裂け、おびただしい血液と同時に内臓が飛び出した。

頬骨周りが砕かれ、右の眼球がぼろりとこぼれる。その眼球に弾丸がヒットし、パッと弾《はじ》けた。

スライドが上がり、弾が切れる。家村の銃からは目に染みるほどの硝煙《しょうえん》が立ち、家村を包み込んだ。

家村は銃を放った。その動きに合わせて、白い煙が揺れる。

「殺《や》れ」

家村は中岡の部下たちに背を向けたまま言った。

まもなく、銃声と悲鳴が空間を満たした。

恐怖に硬直した者は、頭や胸を一発で撃ち抜かれた。逃げ惑う者もまるで狩られる鹿のように、一人、また一人と被弾し、倒れる。

何発の銃弾が放たれたのかわからない。倉庫内はたちまち硝煙で白んだ。

その白煙の中から、中岡の部下が飛び出してきた。

目を血走らせて、家村に迫る。

「この、クソがー！」

家村は仁王立ちした。

殴りかかろうと拳《こぶし》を振り上げた。

男の拳がまっすぐ家村の顔面に飛んできた。ヒットする……と思った時、家村の顔がスッと拳の前から消えた。

男の顔が強《こわ》ばった。

次の瞬間、胃を抉り取られるような衝撃が男の腹部から背中に向けて走った。

「君たちのような愚者の拳など、私には届かない」

家村の左膝《ひだりひざ》が、男の腹部にめり込んでいた。男は目を剝《む》いて、胃液を吐きだした。

「なぜ、そのくらいのことがわからない」

男の耳元で囁《ささや》く。

前屈《まえかが》みになった男の髪の毛をつかんだ。顔を上げさせる。

男は体がしびれ、もがくことすらできない。

「その程度のこともわからないから、意味のない人生を送り、滑稽《こっけい》な死を迎えることになるのだ」

右手の第二関節を折り曲げ、熊の手のような形を作る。

「生まれ変わったら、もう少し賢くなれ。もっとも、人間に生まれ変われたらの話だがな」

そう言い、第二関節を男の喉仏《のどぼとけ》に打ち込んだ。

男が息を詰めた。

二度、三度と喉に関節を打ち込む。男は奇妙な呻《うめ》きを放った。血の塊を吐き出す。

手を離すと、男は両膝を落とし、前のめりに倒れた。

家村は足の甲でうつぶせた男を仰向《あおむ》けに返した。

男はひゅーひゅーと喉を鳴らし、短いリズムで呼吸をしていた。しかし、酸素が入っていかないようで、顔がみるみる蒼《あお》くなっていく。

家村は右脚を上げた。

そして、男の顔面を思いっきり踏みつけた。

顔の真ん中がクレーターのように潰《つぶ》れた。血反吐《ちへど》が四散する。

銃声が止《や》んだ。

家村は男を踏んだまま、倉庫内を見渡した。

煙る倉庫の中に数多《あまた》の屍《しかばね》が転がっていた。

家村は倉庫奥左手の通用口に向かって歩きだした。途中、自分の部下であるスーツ男光を失った中岡の左眼は、倉庫を出て行った家村の残像をいつまでも見つめていた。

スーツ男が一礼する。

「承知しました」

「後処理は打ち合わせ通りに」

の横で立ち止まる。

3

蘭子《らんこ》はスカートスーツを着ていた。メガネは外し、コンタクトレンズを入れている。ぼさぼさの髪の毛もストレートに整え、ナチュラルメイクを決めていた。ヒールを履いて背筋を伸ばすと、普通でも背の高い蘭子が一回り大きくなったように見える。

手にビジネスバッグを持って、丸《まる》の内《うち》にあるオフィスビルへ向かう。

ヒールを鳴らして颯爽《さっそう》と歩くその姿は、誰もが振り返るほどのできる美人会社員にしか見えない。サイバー室にこもっている蘭子とはまったくの別人だった。

ビルの玄関前で立ち止まる。

「だりいなあ……」

穿《は》き慣れないストッキングを指で伸ばしつつ、ビルを見上げる。

このビルの十七階にある会場で、ＡＲＣによる投資セミナーが行なわれる。

セミナーへ出席する理由は、もちろん投資の勉強をするというわけではない。杉平《すぎひら》に頼まれたのは、参加者の身元を特定すること。特に、スタッフに関して念入りに調べてほしいという依頼だった。

それを受け、蘭子はバッグの中、スマートフォン、ＩＣレコーダー、腕時計、筆記に使用するペンにまで小型カメラを仕込んだ。

あらゆる角度で会場内の人物を撮影し、署に戻って、画像を解析するつもりだった。

「行くか！」

蘭子は気合を入れ、背筋をピンと伸ばした。

カツカツとヒールを鳴らし、ビルへ入っていく。ビル内へ足を踏み入れる前から、仕込んだカメラを作動させていた。

録り損ねを防ぐためだ。一部のカメラについては、バッグの中にある、携帯用の充電バッテリーに見せかけたＨＤＤに録画される。容量は十分だ。

蘭子は上体やバッグ、手に持ったスマートフォンをさりげなく動かしながら、動画を撮影していった。

エレベーターホールには老若男女が散在していた。スーツを着慣れていないような若い男性もいれば、華やかなワンピース姿の女性もいる。ジャケット姿の腰の曲がった老年男性もいれば、ジーンズにジャケットとラフな格好をした若い女の子もいた。

すれ違う者はみな、マスクをしているが、画像解析には高性能の透過システムを使っているので、問題はない。

彼らをスマホで撮影しつつ、エレベーターに乗り込む。

一人が十七階のボタンを押した。他の階を押す者はいない。

みんな、セミナー関係か。

近年の株高を受け、投資に興味を持つ人々が増えている。各証券会社、投資ファンドが主催するセミナーは、受講料が高額にもかかわらず、どこも盛況だ。

給料は上がらず、雇用不安が増す中、不労所得で副収入を得ようとする人や一攫《いっかく》千金を狙っている人も多い。

そうした人々の心理を巧みに掬《すく》い取ったビジネスともいえる。

金融を学ぶことは悪くない。

ただ、当たり前の話だが、誰もが講義通りに儲《もう》けられるわけではない。

ほとんどは、大口の個人投資家や機関投資家の売買に翻弄《ほんろう》され、必死に蓄えた金を取られていく。

中にはレバレッジのようなリスクの高い投資に誘導し、多額の資金を個人に出させ、金を集めるところや、そもそも詐欺を企《たくら》んでいるところもある。

ＡＲＣは、調べた限りではまだまともな投資活動をしているようだが、運用先には少々怪しげなものも散見される。

しかしそれは、蘭子が警察内部にいるから調べられること。一般人から見れば、勢いのある投資会社にしか映らないだろう。

肥やしにされるだけだぞ、あんたら――。

内心思いつつ、みんなと共に十七階へ上がった。

エレベーターを降りると、さっそくＡＲＣのスタッフが出迎えた。

いずれも若い男女で、ピシッとスーツを着て来訪者を笑顔で迎える。

蘭子は笑顔を返しながら、促されるまま、他の参加者と共に進んだ。

すぐ手前のドアが開放されている。その奥がセミナー会場だった。受付台が並び、先に来ていた参加者が記名している。

蘭子も列に並んだ。スマホをいじるふりをしつつ、撮影を続ける。受付担当者の男性に笑顔を向け、適当な名前を記入し、金を支払った。

クレジットカードや電子決済は使えない。現金で十二万円用意する必要がある。

投資を勧めるセミナーで一切電子決済が使えないというのも妙な話だが、現金オンリーとしているところも少なくない。

こうしたセミナーの収入は、いわば日銭になる。たいした投資活動をしていないのに、高額セミナーばかりを開いて儲けている会社もある。

ＡＲＣも収益の一つの柱に〝日銭稼ぎ〟を置いているのだろう。

食えない会社だな、と思いつつ、講座用の薄っぺらいテキストを受け取って、会場内へ入った。

一見、二百人分くらいのテーブルと席が設けられている。コロナ禍《か》、ソーシャルディスタンスの確保を強いられるため、実際に使えるのは百二十人分くらいといったところか。

ただすでに、七割ほどの席が埋まっている。盛況のようだ。

蘭子は一番後ろの窓際の席に陣取った。バッグをテーブルに置き、広角に壇上やホワイトボード、前方のドア口などを撮影できるよう配置する。

ペンケースを出し、後方と後ろのドア口をフォローする。

ペンを出して、文字を書き込むふりをしながら全体を撮っていく。ほぼ死角はなくなっているはずだ。

仕込みを終えて、改めて会場内を見回す。

参加者は様々だ。サラリーマンふうの人が多いが、主婦やリタイア後の老齢な男女もちらほらいる。

会場スタッフは若い男女が多かった。二十代から三十代か。年配者は数えるほどしか見当たらない。

詐欺まがいの商材販売集会のようだ。

セミナー開始まで、テキストに目を通してみた。基本的な株式売買のことしか書かれていない。なぜ、こんなに人が集まるのか、不思議だ。

蘭子が入場して二十分ほどすると、会場はほぼ満杯になった。

ドアが閉じられる。

前方のドアから、五人の男女が入ってきた。いずれもスーツに身を包んだ壮年の男女だ。

壇上脇に並べられたパイプ椅子に腰を下ろす。向かって一番右にいた壮年紳士が教壇に歩み寄った。マイクのスイッチを入れる。

「みなさん、本日はＡＲＣの投資セミナーにご参加いただき、ありがとうございます。私が当社代表の家村《いえむら》です。よろしくお願いします」

家村が頭を下げると、会場から拍手が起こった。

「投資は一にも二にも基本が大事です。安く買って、高く売る。これができれば、損をすることはありません。当たり前のことですが、その当たり前を徹底できる人は少ない。私どもの講座では、そこをどう徹底するかをメインに、各先生方に講義していただきます。では、さっそく始めましょう」

家村が言うと、まず淡いピンクのスーツを着たふくよかな女性が家村と替わった。

女性は、長野《ながの》いつきという個人投資家だ。業界では有名らしいが、蘭子は知らない。

いつきは初心者向けの売買の基本を延々と話す。

これが、一回十二万円も取るほどの講座なのかと思う内容だ。

参加者も退屈そうにあくびをする人や話も聞かずスマホをいじっている人もいる。だが、眠っている人はいない。

すると、いつきがぽろりと口にした。

「たとえば、このＡＰＡという銘柄ですが」

その瞬間、参加者が一斉にペンを走らせた。気だるかった空気が一変し、たちまち熱気を帯びる。

そういうことか――。

蘭子は周りに倣《なら》ってペンを走らせた。

いつきはいかにも、一銘柄の例を挙げて、株取引の基本を教えているような体《てい》を取っているが、実のところ、例に挙げた銘柄は推奨銘柄で、参加者は講師が口にする企業名を待っているにすぎない。

おそらく、インサイダー銘柄か仕手株なのだろうが、講師はただ講義のために銘柄を選んだだけで、買えとは言っていないので、売買を煽動《せんどう》したことにはならない。

悪い連中はいろいろ考えるもんだねえ。

半ば感心しつつ、他の参加者と同じようなリアクションを取りながら、二時間のセミナーを聞き続けた。

セミナーを終えるとすぐ、本庁へ戻った。

普段なら、セミナー参加者や主催者側の誰かと接触し、背景をより深く探るところだが、コロナの関係で、そうした対面の情報収集はできない。

しかし、蘭子にとっては、面倒な付き合いをせずに済むのでありがたかった。

サイバー室へ入ると、オフィスがざわついた。

「きれい……」

部下の女性がうっとりとしてつぶやく。

蘭子は部下たちを睨《にら》みながら、自席へ戻った。

「誰かと思ったぞ」

連絡を受け、待っていた杉平も目を丸くする。

「早く着替えたいんですけどね」

蘭子はバッグをドカッとデスクに置いて、中から機材を取り出した。ＵＳＢケーブルでデスクトップに繋《つな》いでいく。

「どうだった？」

「まあ、なかなかあくどいことをやってましたよ」

接続を終えて、パソコンを起動する。

「講義の中に仕手かインサイダー銘柄の名前を出して、買いを煽《あお》ってました」

「なるほど。永正《えいしょう》やなかおかは出て来なかったか？」

「そこは出てきませんでしたね」

話しながら、動画をパソコンのハードディスクに取り込み、顔画像照合ソフトに流し込む。

そこでようやく、ゴムを取って髪を束ね、椅子にもたれて一息ついた。

「もう終わったのか？」

杉平が訊《き》く。

「あとは、画像を透過してあちこちのネットに上がっている顔画像と動画の画像を勝手に照合してくれますから。結果待ちです」

「すごいな。コーヒーでも飲むか？」

「いいですね」

蘭子が立ち上がろうとする。

「ああ、いい。わしが持って来る」

杉平はコーヒーサーバーの方へ歩いていった。紙コップにコーヒーを注ぐ。

蘭子は杉平の背中を眺めつつ、ちらっとモニターに目を向けた。

動画から抜き取った顔画像とネットにあふれる顔の画像がモニターで瞬く。超早送りの映像を見ているようだ。

時折、画像が止まって、名前を表示する。同一人物確率が九十パーセントを超えると、より詳細に照合するように設定してある。

高確率となった画像の照合はゆっくりとなり、完全一致とＡＩが認めたものは、画面下のバーに顔画像をアイコンにして収納されていく。

何気なく眺めていると、ある画像に目が留まった。

「えっ」

マウスを取って、その画像の検索状況を見つめる。思わず、前のめりになった。

そこに、紙コップを二つ持った杉平が戻ってくる。

「どうした？」

杉平は左手の紙コップを蘭子の前に置きながら、モニターを見た。

その目が鋭くなる。

「おい、これ」

つい、声が漏れた。

「間違いないのか？」

「まだ確定ではありませんけど、案外優秀なアプリですから」

「会場内にいたのか？」

「いえ、オフィスビルのロビーの動画から拾ったものです」

「調べさせよう」

杉平はコーヒーを持ったまま、サイバー室を小走りで出て行った。

蘭子は杉平を見送り、改めてモニターを見つめた。

そこに映し出された照合結果には、画像の男が永正耕太《こうた》だと表示されていた。

4

つばきは退院することになった。医師と看護師に礼を言ったその足で、りおの病室に顔を出した。

りおは個室にいた。本人たっての希望で、意識が戻ってすぐ医師に伝えたそうだ。差額分も出すと言い張るので、仕方なく、個室へ移したと担当医は話していた。

ノックをして、スライドドアを開ける。

りおは目を覚ましていた。頭と右腕に包帯を巻いていて、点滴をつけてはいるが、他の傷は絆創膏《ばんそうこう》で済んでいるようで、つばきが思っていたより軽傷だった。

「よっ」

笑顔を見せ、右手を上げる。

と、りおは頭から布団をかぶった。

「先輩！　いきなり、来ないでください！」

「あんまり動くと、点滴の管が外れるぞ」

苦笑しつつ、中へ入る。

狭い部屋だったが、ベッド脇には専用の長椅子が置かれていて、ちょっとした仕事もできそうなテーブルもある。

つばきは長椅子に座った。

「調子はどう？」

声をかける。

「ずいぶん良くなりました。ご心配ありがとうございます」

顔を出そうとしない。

つばきはふうっと息をついた。

「彩川《あやかわ》、顔見せな」

「すっぴんですから」

「いいから、見せなって」

つばきは掛け布団を握って、下に引いた。

りおはあわてて布団を取ろうとしたが間に合わなかった。すぐに両手で顔を覆い、つばきに背を向けた。

拍子に、点滴の針が外れた。アラートがピーピーと鳴り始める。

まもなく、看護師が入ってきた。

「彩川さん、どうかしましたか？」

中へ入って、点滴が外れているのと横を向いていることを確認する。

看護師はつばきを見た。つばきは苦笑して少し頭を下げた。

「はい、仰向《あおむ》けになってください」

看護師が言う。

りおは顔を覆ったまま、仰向けになった。

「腕を伸ばしてください」

「嫌です」

「点滴を刺し直さないといけませんから」

「先輩がいるから嫌です」

りおが言う。

「めんどくせえなあ……」

つばきは立ち上がり、りおの両手首を握って、強引に開かせた。

りおが抵抗しようとする。

「暴れるな！」

強い口調で言う。

「面倒かけるな。ガキじゃないんだから」

つばきは睨みつけた。

りおは仕方なく、抵抗をやめた。

看護師がささっと点滴の針を刺し直し、管を整えて、掛け布団をりおの首の下までそっとかけた。

「横を向くときは、針と管に注意して動いてくださいね」

看護師は微笑《ほほえ》み、つばきに一礼して、病室を出た。

つばきは看護師を見送り、りおに目を戻した。りおと視線が合う。りおは気づいたように顔をそむけた。

「すっぴんもかわいいじゃない」

「そんなことないです……」

「目鼻はくっきりしてるし、肌もつやつやじゃないか。すっぴんの方がかわいいかもしんないぞ」

つばきが言う。

と、りおは顔をそむけたまま、言った。

「知ってるくせに」

「何をだ?」

「私の顔のこと、もう知っているんでしょう?」

りおが言う。

「ああ、知ってる」

つばきはさらりと答えた。

ごまかしても仕方のないことだ。りおから訊いてくるということは、自分でも気づかれたと思うところがあったのだろう。とぼけるだけ、時間の無駄だ。

「なのに、かわいいとか言うんですか?」

「だって、本当のことだから」

「作られた顔でも？」

「おまえの顔に変わりはないよ」

　つばきは思ったままを口にする。

「それに、どんなに手を入れようと、そこまでつるつるのきれいな肌にはならない。元々きれいなんだよ。その上で毎日欠かさず、手入れしてたんだろ？　たいしたもんだ。私なんか、三日もがっつり化粧したら、たちまち真っ赤《か》になるからね」

　自嘲《じちょう》する。

「そんな。先輩も肌キレイですよ」

「日ごろ、化粧しないからね。こう見えても、案外肌弱いんだ」

　笑う。

　りおがつばきに顔を向けた。

　つばきはまっすぐ、りおを見つめた。

「整形してようが何だろうが、私や蘭子や杉さんが知っているのは今の彩川だ。で、彩川りおという人物を外見だけで判断しているわけじゃない。おまえの、何事にも一所懸命なところはみんな評価してる。顔いじったことくらい、気にするな」

「でも……昔の写真見たら、別人ですよ」

「知ってる。財布に入ってた写真を蘭子が見つけて、見せてくれたよ」

つばきが言うと、りおが目を見開いた。真っ赤になった後、沈んだ様子で目を伏せる。

「ひどいブスだったでしょ、私……」

「そうでもないよ。優しい目をしたいい子が写ってた」

「ブスだったでしょ！」

りおがつばきを睨んだ。目には涙が溜《た》まっていた。

つばきは大きく息をついた。

「おまえ、何を言われたいんだよ」

まっすぐ見つめる。

「他人に何を言われようと、きれいになりたくて整形したんだろ？　そして、希望通り、きれいになった。いいじゃない、それで。せっかく外見をきれいにしたのに、中身がブスじゃ、何のために整形したのか、わからないよ」

「わかってます、そんなこと……。でも、どうしても、拭《ぬぐ》えない気持ちがあって……」

「この際だ。言ってみろ」

優しく促す。

りおは滲《にじ》んだ涙を指の背で拭い、少し間をおいて言葉を出した。

「私も最初はそう思っていたんです。ブスで嫌な思いをしたなら、キレイになればいいって。それで、見返してやればいいって。でも、整形した私を見て、母が言ったんです。『ごめんね』って。かわいく産んであげられなくて、ごめんねって」

りおの涙腺《るいせん》が崩壊した。

「私……私のわがままで、お母さんを傷つけちゃって。お母さんにもらった顔なのに、ブスだって言われて、自分でもブスだって思って変えちゃって。それで、それで――」

しゃくりあげて、最後は言葉にならない。

つばきはりおの手の甲を握った。

「お母さんもつらかったんだよ。あんたがブスって言われるのも、それで傷ついてることも。かわいくなったあんたを見て、複雑な気持ちはあるかもしれないけど、それでも心のどこかで喜んでいるし、ホッとしているよ、きっと。あんたの大きな悩みが解消されたんだから。あんたにできることは、生まれ変わって生き生きとしている姿を見せてあげることなんじゃないの？　でないと、お母さんもやりきれないよ」

「軽蔑《けいべつ》しないんですか、私を？」

「なんで？」

「親を傷つけて、別人になるほど整形して、かわいいふりをしてて」

りおが不安げに言葉を連ねる。

つばきは笑った。

「きれいになったんだから、いいじゃない。それだけいろんな思いをして変わったんだ。あとは中身もきれいにしなきゃ、もったいないぞ」

つばきはりおの手を強く握った。

りおは涙でくしゃくしゃになった顔に、ぎこちない笑みを浮かべた。少し鼻水が垂れていて情けない顔になっていたが、本当に気負いの取れたりおの素顔を初めてみた気がした。

「早く治して、現場に戻ってくれないと困るんだよ、相棒」

「相棒……」

りおははにかんだ。

と、つばきのスマートフォンが鳴った。

「ちょっとごめん」

バッグからスマホを出し、長椅子の端に座る。杉平からだった。

「もしもし、椎名《しいな》です。はい……えっ！　わかりました、すぐに向かいます」

つばきは手短に話し、通話を切った。

「どうしたんですか？」

りおが少し上体を起こした。

「永正耕太が丸の内のオフィスビルに姿を見せたそうだ。ちょっと行ってくる」

「私も――」

りおがそのまま起き上がろうとした。

「おまえはまだ寝てろ」

「私も行きたいんです！　じっとしていられません！」

「まだ、手は足りてる。これから忙しくなるから、三日で動けるようにしろ。命令だ」

「……わかりました！　三日で治します！」

りおは鼻を膨らませた。

つばきは笑顔でうなずき、病室を出た。

5

永正の姿が認められたというオフィスビルの捜査に加わったつばきは、午後六時すぎに他の捜査員と共に本庁へ戻ってきた。

永正は発見できなかった。永正の写真を入手し、それとなく、ロビーにいた者や受付の者、警備員などに聞き込みをしてみたが、確証は得られなかった。

念のため、ビルの防犯カメラ映像を入手し、蘭子に解析してもらっている。

三課の部屋で待っていると、つばきが戻って三十分後に、蘭子がやってきた。

「おー、椎名。退院、おめでとう」

蘭子が手を上げてみせる。

「今頃か」

呆《あき》れて笑う。

「どうだった？」

杉平が訊いた。

「やっぱり、永正耕太という結果になりました」

蘭子はつばきの隣に椅子を引っ張ってきて座った。

つばきのデスクにあるノートパソコンを起動して、警視庁内のデータベースにアクセスする。

蘭子が撮影してきた動画やセミナーが行なわれたオフィスビルの防犯カメラから採取した画像を解析した結果が並んでいる。

蘭子は検索窓に〝永正〟と入れ、ソートした。永正耕太という名前の下に、二十枚ほどの画像が表示される。

そのうち数枚は、目元がはっきりと認識できるものだった。

「髭《ひげ》を生やしているのか」

杉平が二人の後ろからモニターを覗《のぞ》き込む。

画像の男は、もみあげから顎にかけびっしりと黒々とした髭を蓄えていた。髪の毛も長めで、スーツに包んだ体もふくよかだ。

杉平たちが手に入れていた清廉《せいれん》な感じでどちらかといえば細身だった永正とは別人のようだった。

「これ、本当に永正なの？」

つばきが怪訝《けげん》そうに首をかしげる。

「画像の一、二枚だけが九十パーセント以上の一致率というなら別人の可能性もあるけど、二十枚もの画像で九十パーセント以上の一致って結果が出たなら、限りなく本人だね。マシンの目は先入観を持たずに特徴を照合するから」

「行方をくらましている間に、何があったんだ……？」

杉平がつぶやく。

「少なくとも、監禁されてひどい目に遭ったということはなさそうね」

つばきは画像を睨《にら》んだ。

「この男は、ロビーとエレベーター内、そして、二十階のフロアの防犯カメラに映ってた。二十階フロアには、ＡＲＣの本社があるよ」

蘭子が言った。

「永正がＡＲＣの関係者ということ？」

つばきが蘭子を見やる。

「それは、調べてみんとわからんな」

杉平は言い、つばきの肩をポンと叩《たた》いた。

つばきは顔を上げて首肯《しゅこう》した。

「蘭子、私のパソコンに永正の情報を集めるだけ集めて流して」

「ＯＫ」

蘭子は言い、つばきのノートパソコンを操作し始めた。

三日のうちに永正耕太とその家族がいそうな場所をいくつか割り出し、りおと共に捜索しよう。

そう思いながら、蘭子の作業を見つめる。

と、三課の部屋の奥から、大きな声が聞こえた。

「杉さん！　大変です！」

「なんだ！」

杉平の声も大きくなる。

「中岡《なかおか》を射殺したという男が出頭してきました！」

「なんだって！」

杉平と同時に、つばきも声を上げていた。三課の部屋全体に緊張が走る。

杉平が叫んだ捜査員の下に駆け寄る。つばきもその捜査員のデスクに走った。

「その男はどこにいるんだ？」

杉平が訊《き》いた。

「江東《こうとう》区の城東《じようとう》警察署に出頭してきたそうです。今、城東署で取り調べをしています」

「椎名」

杉平がつばきを見た。

つばきはうなずいて、自席に駆け戻った。

「私は行ってくるから、帰るまでに永正の情報収集をお願い」

「わかった」

蘭子が首肯する。

「課長に数名、ARCの本社が入っているオフィスビルの監視に回すよう伝えておいてくれ」

杉平は近くの捜査員に伝えて、ドア口へ走った。

「椎名、行くぞ」

「はい」

つばきはバッグを取り、杉平と共に本庁舎を出た。

6

つばきと杉平は、城東署内にある第三取調室に案内された。

入って右側の壁はマジックミラーになっていて、隣室から被疑者の様子が窺《うかが》える。

つばきと杉平は、取り調べの様子をマジックミラー越しに見つめていた。

ぼさぼさ頭で無精髭を生やした男だった。体はがっちりしている。顔や体には無数の治療痕《あと》があり、顔色も悪い。

男は、田《た》代《しろ》紘一《こういち》と名乗っていた。歳は四十四。なかおかで運搬を担当していたという。

「身元は確認できたんですか？」

つばきは隣に立っている城東署の担当刑事に訊いた。

「ええ、供述通り、大島《おおじま》のアパートが居住地でした。住民票もそこに置いています。一応、謄本も調べましたが、本人に間違いありません」

担当刑事は答えた。

「中岡の遺体は、どこで発見されたんですかね？」

杉平がつばき越しに訊く。

「なかおかが所有していた晴海《はるみ》の倉庫内で発見されました」

そう答える。

つばきたちは、田代の供述を聞いていた。

それによると、田代たち、なかおかの従業員は、各地の倉庫に火を放って証拠隠滅を図った後、中岡に晴海の倉庫に集められた。

そこで、中岡が依頼した外国人に一斉掃射を浴び、仲間が次々と殺された。

仲間の遺体はコンテナに詰め込まれ、その外国人たちが乗り込んでいる貨物船で外洋へ運ぶと話しているのを聞く。

田代の上には仲間の遺体が折り重なり、弾幕を避けられたことで、なんとか一命は取り留めた。

外国人たちが遺体を運んでいる隙を見て、いったんは倉庫から離れたが、どうにも怒りと憤りを抑えられず、倉庫に戻って外国人から銃を奪い、中岡を射殺して、その場から逃走した。

城東署の捜査一課が現場を調べたところ、中岡の他にアジア系外国人の遺体が二体、フロアにはおびただしい血痕《けっこん》と弾痕が残っていた。

中岡は殺される前に、殺した仲間たちの遺体を入れたコンテナは公海上で沈めると話していたそうだ。その真偽については、海上保安庁の協力も取り付け、捜査中だ。

田代はその後、そのまま逃げるつもりだったが、なかおかで行なわれていた盗品売買には外国人組織も複数関わっているため、身の危険を覚え、すべてを話す代わりに身柄を保護してもらおうと思い、出頭したとのことだった。

田代は、なかおかのパソコンに保存されていた盗品売買実態のデータも持ち込んでいた。

それも今、城東署刑事三課が分析中だ。

「一応、今のところ、供述に矛盾はありません」

担当刑事が田代を見つめて言う。

「基地局の窃盗については、なんと話しているんですか？」

つばきが訊いた。

「部品や鋼材を売るのが主な目的だが、中には基地局ごと売りつけていた例もあると話していました。それらを裏付ける取引履歴もデータの中にあります」

「基地局ごとですか。なるほど」

杉平が深くうなずく。

基地局を丸ごと盗んで設置すれば、周波数を合わせるだけで電波塔として使用できる可能性もある。

発展途上国に持っていけば、それなりの需要はあるだろう。

大胆に基地局ごと盗む理由も説明がつく。

「ARCとの関わりは訊いてみましたか？」

つばきが訊いた。

「ええ、そちらからの情報がありましたから、一応訊いてはみましたが、社名すら知らないようでした。念のため、関係性については捜査させています」

担当刑事が言った。

つばきは田代を見据えた。

命を狙われそうだから出頭したという割には、落ち着いて見える。銃創もうまく急所を外れていて、致命傷となり得るものは見当たらない。

疑ってみているせいもあるのだろうが、落ち着き払ったその雰囲気が少し気になる。

「永正鉱業社については？」

杉平が訊く。

「中岡が永正鉱業社を使っていたことは知っていましたが、自社と永正鉱業社の関係については詳しいことは知らないそうです」

担当刑事が答える。

それも、幹部でなければ納得できる答えだ。

田代の返答は、いちいちもっとも。まるで、用意されたような答えだが、真実を語っているのだとすれば、それもまた当然。

このままであれば、田代の証言通りの事実が裏付けされ、一連の窃盗事件は解決へと向かうのだろう。

だが、つばきは何かが引っかかっていた。

「そうだ」

スマホを取り出し、蘭子に連絡を入れる。

「もしもし、私。ＡＲＣの取締役以上の人たちの顔写真と名前のデータを送ってくれない？ 名前と写真だけでいい。うん、すぐに。よろしくー」

そう言い、電話を切る。

「どうするんだ？」

杉平が訊く。

「田代に写真と名前を見せて、反応を見てみたいんです」

「何か気になることでも？」

担当刑事が訊く。

つばきは担当刑事を見やった。

「私が盗品を管理している倉庫へ乗り込んだ時、中岡とは別に、落ち着いた語り口調の紳士ふうの男がいました。姿は見ていないんですが、その時の会話を聞いていた限りでは、中岡がその紳士の下で働いているような雰囲気を覚えたんです。それがずっと気になっていまして、ひょっとしたら、ＡＲＣの関係者の中に、その紳士がいるのではないかと。根拠はないんですが」

話していると、まもなくＡＲＣ幹部のデータが送られてきた。

「このデータを転送するので、タブレットで顔を見せながら、名前を読み上げてくれますか？」

つばきは担当刑事に頼んだ。

「やってみましょう」

担当刑事は、つばきのスマートフォンから送られたＵＲＬを、自分のタブレットで開いて、蘭子からのデータをダウンロードした。

表示を確かめ、マジックミラールームを出ようとする。

「あ、待ってください」

つばきは呼び止め、もう一つのデータを送った。

「この人は？」

タブレットに表示された髭面《ひげづら》の男性の画像を見やる。

「永正耕太という名前です。最後にこの人の写真を見せ、名前を言ってみてください」

「わかりました」

そう言い、担当刑事が部屋を出た。すぐに取調室のドアが開き、担当刑事が中へ入っていく。

つばきと杉平は、取調室の様子に目を向けた。

担当刑事は田代の向かいに座り、タブレットの画面が田代に向くよう立てた。関係者の確認と称して写真を見せ、名前を読み上げて、知っているか知らないかを答えさせた。

つばきは田代の表情や仕草を凝視していた。

田代は次々と出てくる写真を見ても、知らないと答えた。腿《もも》に両手を置き、まっすぐモニターを見つめている。微動だにしない。

「杉さん、どう思います？」

マジックミラーの向こうを見つめたまま、つばきが訊《き》いた。

「わからんな。表情だけでなく、動きもまったくないというのは気になるが、ごまかしているような感じもない。読みづらい男だ」

杉平がうなる。

ＡＲＣの社長以下、すべての役員の写真を見せ終わった。

田代の様子に、特に不自然な点はなかった。

やや間をおいて、最後に永正の写真を見せた。やはり、田代の表情は変わらない。

「空振りかなあ……」

つばきは胸下に腕を組んだ。

――永正耕太。

担当刑事が言う。

その時、田代の目《め》尻《じり》がひくっと動いた。わずかだったが、これまでの澄ましぶりとは違う表情を覗《のぞ》かせた一瞬だった。

「杉さん」

「うん」

杉平もわずかな目尻の動きを見逃さなかった。

その後はすぐ、元の田代に戻り、知らないと、これまでと同じトーンで答えた。

「永正の捜索にあたります」

つばきが言う。

「頼む。こっちは任せておけ」

杉平が言った。

つばきは首肯し、マジックミラーの部屋を出た。

第5章

1

りおは指示通り、つばきが退院して三日後に病院を出た。

すぐ現場に復帰し、つばきと共に永正耕太《ながまさこうた》の捜索にあたっている。

つばきはりおの体調を気にしていた。顔の絆創膏《ばんそうこう》は薄い色のものにして目立たなくしているうえ、ばっちりメイクを決めているので、見た目には病み上がりとは思えない血色だ。

しかし、捜索場所を徒歩で回った後車に戻ると、助手席に深く腰を下ろしてマスクを下げ、きつそうに息を継いでいた。

それでも泣き言は言わない。

自分の中の〝何か〟と戦っているんだろうな、とつばきは感じ、黙って見守っていた。

永正耕太の捜索は難航していた。

つばきたちは主に、住民票を置いたままの永正の一軒家近辺や妻の出入り先、子供が通っていた学校周辺を調べて回っていた。

だが、糸口は見つからない。

「なんだか、神隠しみたいですね」

りおが助手席でつぶやいたが、つばきも同様に感じていた。

それほどまで、半年前に突然、永正一家の痕跡《こんせき》がきれいさっぱりなくなっている。

つばきとりおは、その日も空振りで捜査本部に戻った。

二人とも自席についた途端、ぐったりと肩を落とした。

「お疲れさん」

杉平《すぎひら》がコーヒーの入ったカップを二つ持ってきた。並びの席のつばきとりおの前に置く。

「ありがとうございます」

つばきはカップを取り、コーヒーを啜《すす》った。

りおは小さな声で礼を言ったが、両腕を机に置いてぐったりとうなだれている。

「彩川《あやかわ》君、大丈夫か？」

「はい」

顔を上げて笑顔を見せるも、弱々しい。

杉平は笑みを返し、二人の背向かいの椅子を引っ張ってきて、座った。

「彩川君が戻ってきて四日。椎名《しいな》が先行調査していた期間を含めれば一週間になる。永正の自宅近辺には張り込み要員を二、三名置いて、いったん撤収するか」

「永正耕太の捜索はあきらめるということですか？」

つばきが訊《き》いた。

「いや、捜索は続けるが、アプローチを変えた方がよさそうだ。ちょっと気になる情報が上がってきている」

「なんですか？」

りおが顔を上げる。

「ちょっと、椎名のノートパソコン起《た》ち上げてくれないか」

杉平は言いながら、椅子ごとつばきのデスクに近づいてきた。

つばきが自分のノートパソコンを起ち上げる。りおも椅子ごとつばきの脇に寄ってきた。

杉平は起動したつばきのノートパソコンを操作し、捜査本部のデータベースにアクセスした。

「君たちが外回りしている間に上がってきた報告書なんだがな」

一つの捜査報告書をクリックし、開く。

フォーマットが表示され、記載内容が閲覧できた。

「読んでみろ」

つばきに言う。

つばきが目を通し始めた。りおも横から覗《のぞ》き、報告書の内容に視線を這《は》わせる。

二人の目が大きく見開いた。

「これは……」

りおがつぶやいた。

「永正鉱業社の筆頭株主がＡＲＣとわかった時点で調べておくべきことだったな」

杉平は渋い顔をして、自省を口にした。

「いえ、筆頭株主というだけで、ここまで深くＡＲＣと永正耕太に関わりがあると見るのは難しいと思います」

つばきは画面を見つめて言った。

ＡＲＣの代表取締役社長を務める家村茂晴《いえむらしげはる》は、高校卒業後の一九八〇年、永正耕太の父、太一郎《たいちろう》が設立した旧永正鉱業社に入社していた。

元、旧永正鉱業社社員だった男性に話を聞いたところ、家村は先代の永正太一郎にえらく心酔していたという。

永正太一郎は、世間がまだ大量生産・大量消費で沸いていた中、〝人と地球にやさしい会社でなければならない〟という理念を説いていた。

今でいうＳＤＧｓの理念を半世紀近く前に説き、実践するための会社を起ち上げた眼力はたいしたものだ。

ただ、家村が入社した頃はバブルの兆しが見えだした頃で、新しい物を買い、古い物を捨てるのが当たり前といった風潮が人々の間にはびこり始めていた。

廃品を回収し、リサイクル品として再生販売をしていた永正鉱業社は、周りから〝ゴミ拾いの会社〟と蔑《さげす》まれ、きつい・汚い・危険の頭文字を取った３Ｋ仕事の代表のように見られていた。

家村は、太一郎と共に、つまらない批判や嘲笑《ちょうしょう》に抵抗していたが、時代のニーズがなく、市場から退くことになった。

倒産が決まった時、太一郎は希望退職者を募った。ほとんどの社員が退職金をもらって辞めていく中、家村と二人の若手が会社に残った。

家村と共に旧永正鉱業社に残った二人もまた、ＡＲＣの取締役に名を連ねていた。

家村たち三人は、会社の整理が終わるまで太一郎と共にいた。

太一郎亡き後、遺《のこ》された太一郎の妻と耕太の面倒をみていたのも家村だったと、元社員の男性は証言していた。

「家族同然の付き合いをしていたんですね」

りおがつぶやく。

杉平がりおを見やった。

「家族同然というより、もはや本当の家族だったのかもしれんよ」

「まだ詳細は調べているところだが、永正耕太の母親が死んだ後、大学の学費や生活費を援助していたのも家村ではないかという線が強まっている」

「奨学金やアルバイトで賄《まかな》っていたわけではないんですか？」

つばきが訊く。

「今のところ、永正耕太が奨学金を申請したという話は出てきていない。生活費も、両親の死亡保険金で賄っていたのかと思っていたが、それはすべて債務整理と母親の療養費で使ってしまっていたようだ」

杉平が答えた。

「なるほどー。それだと、学費とか生活費の出所が気になりますねー」

りおは腕組みをする。

「ということは、家村が永正耕太を匿《かくま》っている可能性が高いですね」

さも、考察をしているように言うが、顔を上げ、首を傾《かし》げた。

「匿うは違うか。永正耕太が逃げてると決まったわけじゃないし。誘拐？　いや、そういう関係なら攫《さら》うというのもなんだかヘンだし。あれ？　どういうこと？」

頭が混乱してきたようで、小難しい顔をしてしきりに首をひねる。

つばきはりおを見てくすっと笑ったが、その疑問は確かだった。

家村と耕太の関係はわかった。

しかし、それが永正耕太とその家族の失踪《しっそう》とどういう関係があるのか、判然としない。

二人の関係が基地局窃盗《せっとう》にどう関わっているのかもさっぱりわからない。

「杉さん、家村の調査はどのくらい進んでいるんですか？」

「一応、家村の身辺と動向は捜査員を付けて常時マークしている。今のところ、家村が永正耕太と接触しているという報告はないがな。家村の背景についても捜査を続行中だ」

「家村の自宅や別宅は？」

「家村の名義で登記されている戸建てとマンションは三カ所。戸建ての一つは自宅。もう一つは熱海《あたみ》にあり、別荘として使っているようだ。立川《たちかわ》にあるマンションは五階フロアの八室すべてを会社名義で購入していて、社員寮として貸し出している。八室を全部調べてみたが、入居しているのはＡＲＣの社員とその家族だけだった」

「他に家村、もしくは家村と共に永正鉱業社で働いていた幹部名義の住居は？」

「ないな。そこは相当調べたから、見落としはない」

杉平が断言した。

「会社の保養所とかないんですか？」

りおが訊く。

「立山《たてやま》にある。そこも調べさせたが、いなかったな」

「半年ですもんねー」

りおは組んだ腕に力をこめた。

「ホテルかなあ」

ぼそっと漏らす。

「半年もホテル滞在する？」

つばきがりおを見た。

「最近、コロナでホテルとか旅館、大変じゃないですか。なんで、月極《つきぎめ》料金で長期滞在プランとか出してるんです。高級ホテルでも一ヵ月三十万円くらいで滞在できるんですよ。食事、ベッドメイク付きで。私も休暇が取れたら一週間くらい泊まってみたいです」

にっこりと笑う。

「地方のホテルとか旅館だったら、半分の十五万円も出せば、一ヵ月滞在できるところがあると思います。それだと、賃貸マンションの家賃と変わらないですもんね。そういうところに家族みんなでいてもおかしくないと思うんですけど」

「それはあるかもしれんな」

杉平がうなずく。

「子供の学校は？」

つばきが疑問を口にした。

「区域外就学じゃないですか？　特別な事由がある義務教育中の子供は、住民票登録地でなくても秘密で通えるんですよねー」

りおが答える。

つばきはじっとりおを見つめた。

「なんだか、経験者みたいね」

「あ、いや……友達にいたもので」

りおは笑顔を作った。

「その線はあるな」

杉平が割って入る。

「各自治体の教育委員会、福祉相談所、県警に問い合わせてみよう」

杉平が立ち上がる。

「二人とも、少し待機していてくれ。彩川君の線で情報が出れば、そっちを追ってもらうから」

そう言い、自席へ戻っていった。

「優しいねえ、杉さんは」

つばきがふっと微笑《ほほえ》む。

「そうなんですか？」

りおはきょとんとした。

「私たちの疲れた様子を見て、待機の名目で休憩をくれたんだよ」

「そっかー」

りおが目を丸くして、笑みを浮かべた。

「まあ、そういうことだから、仮眠室で少し寝よう」

「私なら大丈夫ですよ」

「無理するな。私だってきついんだから、退院したばっかのあんたはもっときついはずだよ。がんばるところと休むところのメリハリをつけないと、息が切れちまう。まあ、私も言えたガラじゃないんだけどね」

自嘲《じちょう》し、立ち上がった。

「杉さん！　仮眠室で休んでます！」

つばきが言うと、杉平は右手を上げた。

「ほら、行くよ」

「じゃあ……そういうことで」

りおは促され、席を立って、つばきと共に仮眠室へ向かった。

2

家村は、社長室に二人の幹部を呼んだ。

遊佐《ゆさ》貴幸《たかゆき》と大貫《おおぬき》猛《たける》の両取締役。旧永正鉱業社に家村と共に最後まで残った二人だ。

執務机前に置かれた応接セットのソファーに座った家村は、遊佐と大貫に向き合っていた。

「家村さん、いよいよですね」

遊佐が高揚気味に笑みを浮かべる。

「宇治《うじ》原《はら》が吠《ほ》え面かく様が目に浮かびますね」

大貫もほくそ笑んだ。

宇治原というのは、大手ＩＴ企業〈セーシン〉の会長、宇治原満《みつる》のことだ。現在六十五歳で、会社の運営は後継の社長に一任しているとはいえ、社内での宇治原の力は絶大で、今でも同社は実質、宇治原のものだった。

「田代《たしろ》が爆弾をまくのは、三日後ですね」

大貫が言う。

「準備は整ってます。ヤツを奈落《ならく》の底に叩《たた》き落としてやりましょう」

遊佐は拳《こぶし》を握った。

「そのことなんだが――」

家村は対面の二人を交互に見やった。

「爆弾をまく時期を延期する」

「どういうことですか？」

遊佐が怪訝《けげん》そうに片眉《かたまゆ》を上げる。

「状況が変わった。こちらの準備が整うまで、田代には現在の証言のまま粘ってもらう」

「ちょっと待ってください。こちらの準備とはなんですか？　俺らはすでに攻撃準備はできてますよ」

遊佐は大貫に顔を向けた。大貫が大きく首肯《しゅこう》する。

「新しい投資ファンドを設立することになった。ＡＲＣの預かり資産のほとんどを新会社に移行し、セーシンの金融部門の資産の半分以上もそこに移す」

「宇治原と手を組んだんですか！」

遊佐の眉間《みけん》に縦じわが立つ。大貫も家村を睨《にら》みつけた。

「よりによって、宇治原と手を組むってのはどういう料簡《りようけん》ですか！」

遊佐がテーブルを叩《たた》いて、立ち上がった。横で大貫も腰を浮かせる。二人とも今にも家村に挑みかかりそうな剣幕だった。

「落ち着け、二人とも」

家村は静かに見返す。

「落ち着いていられますか！　宇治原と組んだなんて耕太君が知ったら――」

大貫が言いかけたところに、家村が口を挟んだ。

「その耕太君からの提案だったんだよ」

「えっ？」

大貫と遊佐は二人同時に目を丸くした。

「まあ、座れ」

家村が促す。

二人はそろそろと腰を下ろした。

「先日、耕太君が会社に来たという話は耳にしていると思うが」

「ええ、まあ……」

遊佐と大貫は顔を見合わせた。

「リスクを冒してまで来社したのは、新会社の提案をするためだった」

「なぜ、耕太君がそんな提案を？」

遊佐が訊《き》く。

「私たちは、宇治原を地獄へ叩き落とすためにここまでがんばってきた。長い年月をかけて宇治原に接触してヤツを太らせると同時に、我々も大きくなった。そうだな？」

家村の言葉に、二人が首肯する。

「しかしだ。どちらも大きくなり過ぎた。特にうちは、今や顧客からの預かり資産が七千億を超えるほどの規模となった。従業員も百人を超える。新会社にセーシンからの資金が流れ込めば、預かり資産は一兆円を超える規模となるだろう。そのすべてを無に帰すのはあまりに影響が大きすぎる」

「不労所得で儲《もう》けようなんて輩《やから》、どうなろうとかまわないじゃないですか」

遊佐が吐き捨てる。

「私も、投資家がどうなろうが知ったことではない。ただ、会社には従業員がいる。その従業員には家族もある。彼らには何の罪もない。耕太君はそれを気にかけたんだ。唐突な収入の断絶が家族にどのような顚末《てんまつ》をもたらすのか、彼は身をもって知っているからね」

家村が静かに話を進める。

遊佐と大貫はソファーに深く腰を落としていた。

二人とも、旧永正鉱業社が倒産し、その後、永正一家や耕太がどうなったのかを直近で見てきた者たちだ。

「私個人としては、従業員もまた利ザヤで食っている連中なので同情の余地はないと思っているが、耕太君の意向は無視できない。これは元々、耕太君の喧嘩《けんか》だ。我々はサポートしたに過ぎない。また、その立場を超えてはならない。先代ならそう戒めるだろう」

家村が〝先代〟と口にすると、二人の顔に滲《にじ》んでいた怒りや憤りはスッと消えた。

「宇治原とその取り巻きはいずれ叩き落とす。それだけのデータはすでに用意できているので問題ない。田代という爆弾も送り込んだことだしな」

「田代は粘れますかね？」

大貫が訊いた。

「弁護士を通じて、黙秘するよう伝えた。田代が口を割らなければ、証言は裏付けられ、中岡《なかおか》の犯行ということになるだろう。むしろ、そう結論付けてくれた方がありがたい。その後の真相暴露のインパクトは絶大だからな」

家村は笑みを滲ませた。

「話を戻す。私は耕太君の意向を汲《く》んで、今一度、宇治原を利用することにした。我々が太らせた豚だ。使えるだけ使わねばもったいない」

そう侮蔑《ぶべつ》して、話を続ける。

「新会社の金融商品取引業者登録は済ませてある。代表は、うちともセーシンともまったく関係のない者を充てた。むろん、私の息はかかっているがね。今から半年をかけて、うちの預かり資産を新会社へ移行する。そこでだ。君たち二人には、我が社を退職してもらい、新会社に外部アドバイザーとして参画してもらいたい」

「俺らに、計画から外れろと？」

遊佐が家村を見やる。

「そうだ。信頼できる君たちに新会社を預け、盛り立てて、うちの従業員を守ってもらいたい。それが、耕太君の意向だ」

「家村さんは？」

大貫が訊いた。

家村はおもむろに大貫に顔を向け、微笑んだ。

「私は耕太君と運命を共にする」

笑みを濃くする。気負いはない。

遊佐と大貫は沈んだ様子でうつむく。

「心配するな。死ぬわけじゃないし、すべての利をかなぐり捨てるわけでもない。君たちが執行部を離れた後、耕太君を新たな取締役に選出する」

「大丈夫ですか！　耕太君は警察にマークされています。表に出てきて、ましてうちの取締役に就任すれば、痛くない腹を探られることに――」

「それでいいんだ。当局には何かあると思わせておけばいい。そうすれば、報道関係者が嗅《か》ぎ取って、うちのことや私、耕太君のことも調べ回るだろう。背景が出そろったところで暴露すれば、さらに宇治原に打撃を与えられる」

「それではやはり、家村さんと耕太君はすべてを失うことになるんじゃ……」

遊佐が心配そうに組んだ指を揉《も》む。

「一ヵ月で、一生分の生活資金を稼ぐ。仕手とインサイダー取引に関してはプロじゃないか、私たちは」

家村がほくそ笑んだ。

それを聞いて、遊佐と大貫もふっと笑った。遊佐が落ち着かなかった指揉みを止めた。

「そうですね。そうでした」

顔を上げて笑う。

「的にかける銘柄は決めているが、君たちには教えない。また、詮索《せんさく》もするな。君たちはあくまでもＡＲＣの一部が行なっていたインサイダー取引の実態は知らず、経営方針の違いで退職したという体《てい》を取り、それを堅持してほしい。それが君たちの役割だ。受けてくれるか？」

家村が訊く。

遊佐と大貫は顔を見合わせ、戸惑った。

「君たちにしか頼めないことだ。耕太君もそう望んでいる。この通りだ」

家村は太腿《ふともも》に手を置いて、深々と頭を下げた。

「家村さん！」

「頭を上げてください！」

二人して、あたふたする。顔を見合ってうなずき合い、遊佐が言った。

「わかりました。俺と大貫は新会社に参画します。任せてください」

「受けてくれるか」

家村が顔を上げた。

「はい」

遊佐と大貫は笑顔で首肯した。

「では、最後の仕込みに入ろう」

家村は顔を引き締め、立ち上がった。

3

「杉平さんって、優しいんじゃなかったんですか？」

りおはあくびをしながら、助手席に乗り込んだ。

「杉さんは休ませてくれるつもりだったんだよ。張り切った蘭子《らんこ》が悪い」

つばきは話しながら運転席に乗り、シートベルトをした。エンジンをかける。

カーナビの検索窓に〝ホテル・シーサイドランド〟と入れ、検索をかけた。

すぐに候補が見つかる。千葉県山武《さんぶ》郡《ぐん》九十九里《くじゅうくり》町《まち》にあった。

車をゆっくりと発進させる。

ナビに従って、走り始めた。

杉平は、りおたちの話を聞いてすぐ、永正耕太の子供の就学状況を調べ始めた。主に電話での問い合わせで、他の捜査員も含めて進めていたところに蘭子が来た。

蘭子は永正耕太の小学生の息子の写真を入手し、画像検索をかけた。

すると、瞬く間に息子の姿が映った防犯カメラ画像がヒットした。ほとんどが九十九里町にあるホテルやスーパーマーケットだった。

検索結果を基に、杉平が九十九里町の教育委員会に問い合わせたところ、息子は特別事由で、町立の小学校に区域外就学していることがわかった。

さらに調べたところ、永正耕太と妻子は、ホテル・シーサイドランドに長期滞在していることが判明した。

杉平は手の空いている捜査員を先に派遣しようとしたが、つばきとりおが仮眠室にいることを知った蘭子がわざわざ呼びに来た。

「ほんと、余計なことするよなあ、蘭子は」

つばきが苦笑する。

「でも、最後まで自分らでやんなきゃ、気持ち悪いだろうっていう蘭子さんの意見、すごくわかります。入院までしたのに、このまま終わるってのは納得いきませんし」

りおが言う。

つばきも同じ思いだった。

永正耕太が今回の事件にどう関わっているのか、わからない。まったく関係ないのかもしれないが、永正鉱業社が深く関わっている以上、登記上の代表である永正に話を聞かないことには終われない。

「私が運転しましょうか？」

りおが言う。

「また、路肩に突っ込まれるのはごめんだからね」

「ひどい！」

りおは頬をふくらませた。

横目で認め、くすっと笑う。

りおのスマートフォンが鳴った。バッグから取り出し、電話に出る。

「もしもし、彩川です」

りおが応《こた》える。蘭子からだった。りおはスピーカー通話にした。

――今、どこ？

車内に蘭子の声が響く。

「まだ、都内です」

りおが答えた。

──向かってるのね。

「起こされたからねー、誰かさんに」

つばきが毒づく。

──そのくらい声が出てりゃ、大丈夫だ。

蘭子は電話先で笑った。

「他人《ひと》事《ごと》だと思って……」

──聞こえてんぞ。

「聞こえるように言ったんだよ」

──性格悪いねえ、相変わらず。

「お互い様だ」

つばきは言って、笑った。

「で、なんかあったの？」

切り替えて、訊《き》く。

──朗報かどうかわからないんだけどさ。ホテルの防犯カメラ映像で、永正耕太の姿も確認できたよ。

「やっぱり、家族で滞在してたんですね」

りおが加わる。

――そういうことだろうね。そこはいいんだが、姿がな……。

「姿がどうした？」

つばきが訊く。

――車載タブに画像を送るよ。

キーボードを操作する音が聞こえてきた。待っていると十秒ほどで車載タブレットに画像が届いた。

細身でちょっと薄毛の中年男性が映っている。

「蘭子さん、画像間違ってますよ」

りおが言う。

――間違ってねえんだよ。そいつが永正耕太だとの結果が出てる。

「マジですか！」

りおの声が上擦《うわず》った。目を丸くし、まじまじとモニターを見つめる。

つばきが路肩に車を停《と》めた。モニターの画像を見やる。

「失踪《しっそう》前の写真と近いね」

――ああ。それで、もう一度、前の画像を調べてみたんだけどな。どうやら変装してたようだ。何枚も重ね着して体を大きく見せたり、髭《ひげ》を付けてみたり。

「付け髭だったんですか？」

りおが訊いた。

――おそらくね。ギリギリまで拡大すると、もみあげや鼻下のあたりに怪しい凹凸《おうとつ》がある。腹や頬が膨《ふく》れているのも、何か詰めたんだろうね。よく見ると、肉の付き方にはそぐわないほど首は細かった。

「そんなに変装してまで、ＡＲＣ本社に姿を現わしたということか？」

――そう考えるのが妥当だね。あの会場に姿を見せなきゃ、行方が割れることもなかったんだし。

「蘭子、他にも永正耕太が立ち寄っているところがないか、調べてくれる？」

――もうやってるよ。また何かわかったら、連絡入れる。

答え、蘭子は電話を切った。

「本人に訊いてみるしかなさそうですね」

りおが言う。

「そういうことだ。急ぐよ」

つばきはブレーキペダルから足を離し、アクセルを踏み込んだ。

4

永正耕太《ながまさこうた》と妻・歩美《ふみ》、一人息子の真直《まさなお》は、ホテル・シーサイドランド三階南端の部屋で過ごしていた。

もう半年になる。部屋には私物が散乱し、ホテルの一室というより、自宅マンションといった様相を呈していた。

その夜、永正はリビングに食事を運んでもらった。いつもは館内のレストランや近隣の定食屋などで簡単に済ませるのだが、その日、テーブルに並んだ食事は豪勢だった。テーブルの中央に大きなパエリア鍋《なべ》が置かれ、海産物がふんだんにトッピングされたパエリアがほんのり湯気を立てている。

真直の好きな唐揚げやウインナーもオードブル皿に盛られ、パスタや生ハム、高級具材が揃《そろ》ったチーズフォンデュ、飲み物はワインやシャンパン、壁際のテーブルにはチョコレートファウンテンやヘレンドのケーキスタンドに載せられたデザートまである。

パーティーみたいだね、と、真直は無邪気に喜んだ。

が、歩美の笑顔は冴《さ》えない。子供を見て目を細めるが、時折、心配そうな顔を夫に向ける。

「真直、今日で、ここでの生活は最後だから、しっかり食べるんだぞ」

永正が言う。

「うちに帰るの？」

永正がうなずく。

真直は満面の笑みを見せた。

「好きなものを食べろ」

「うん！」

真直は席を立つと、食事より先にデザートテーブルに走っていった。

歩美は息子に目を向けて微笑《ほほえ》んだ。

「あなた、何をする気？」

息子を見たまま、小声で訊《き》く。

「昨日も話しただろう？　新会社設立のために、もうしばらく自宅を空けると」

「ここへ来たのも、新会社の建設候補地の選定だって言ってたけど」

「そうだよ。けど、ずいぶん歩き回ったんだが、条件の折り合う場所がなかったんでね。茨城まで場所の選定を広げることにしたんだ。コロナで都心の学校は休校やリモート授業が続いたんで、君たちにもついてきてもらったけど、もうそろそろ戻った方がいいかなと考えていたから、ちょうどいいタイミングだと思ってね」

「あなた……。本当のことを――」

歩美が身を乗り出そうとした時、声がかかった。

「ママ！　このチョコレート、食べていいの？」

見ると、溶かしたチョコレートを大きなスプーンですくっている。

「そうじゃない！　もう……」

苦笑して立ち上がる。

歩美は振り向いて、永正を睨《にら》んだ。

「東京には戻るけど、私は納得してないからね」

強く言って、真直の方に駆けていった。

永正はファウンテンタワーから流れるチョコレートと具材を前にして楽しんでいる妻と息子を見て、目を細めた。

そして、胸のうちで、二人がこれから幸せに過ごせるようにと、心から願った。

5

つばきとりおが、ホテル・シーサイドランドに到着したのは、午後九時を回った頃だった。

フロントで身分証を提示し、永正の宿泊状況を訊いてみる。

宿泊が確認できた。

つばきはロビーから杉平《すぎひら》に連絡を入れた。

「杉さん、永正の宿泊が確認されました」

――そうか。でかした。

「どうしましょう？」

つばきが指示を仰ぐ。

りおはエレベーターホールの方を見ていた。

と、細身の男が現われた。七分《しちぶ》袖《そで》のポロシャツに麻のパンツという軽装だ。が、腕時計は格好に不似合いな赤いベルトの文字盤が大きいG-SHOCKだった。

おしゃれなんだか、なんなんだか……と思いつつ、ノーマスクの男の横顔を見たりおは、目を見開いた。

「先輩」

小声で呼びかける。が、つばきは電話で話していて、りおを見ない。

りおは隣にいるつばきの肩を二度、三度と叩《たた》いた。

「もう、何？」

「永正です！」

りおの言葉を聞いて、振り返る。

りおの視線を追って、細身の男をじっと見つめる。永正耕太だった。

永正はあたりを見回すように顔を振った。

つばきはスマートフォンを下ろし、りおと共に背を向けた。

りおはスマートフォンを取り出した。画面を見るふりをして、黒いモニターに映る背後の様子を確認する。

「永正がホテルを出ます」

りおが伝えた。

つばきはりおの陰に隠れ、スマホを耳に当てた。

——どうした?

杉平が訊いてくる。

「永正がホテルを出ました。家族の姿はありません。至急、ホテルに応援を回してください。私と彩川《あやかわ》は永正を追います」

電話を切る。

「あんた、永正を見張って。車を回してくるから」

りおの二の腕を叩いた。

りおは小走りで玄関を出た。

りおは首肯し、永正の後を追う。つばきはホテル東側にある駐車場に走った。

永正はベルマンに声をかけている。りおは柱の陰に隠れて、様子を窺《うかが》った。

まもなく、タクシーが一台、ロータリーに回ってきた。そのタクシーに乗り込む。

りおはスマホでタクシーの全体像を写した。行方を目で追う。タクシーがロータリーを左に曲がり、姿を消す。

りおはロータリーの端まで走った。タクシーは道路に接する門柱の前で停《と》まっていた。左にウインカーを出している。

十秒後くらいに、つばきの運転する車がロータリーを回ってきた。りおを認め、そこまで車で移動しながら、助手席の窓を開ける。

脇に停めて、声をかけた。

「彩川！」

りおはすぐ助手席に乗り込み、シートベルトを締めた。

タクシーが左折し、門柱の先に消えた。

「今、左に曲がったタクシーです」

りおが言う。

「蘭子《らんこ》に連絡して」

つばきは指示をし、アクセルを踏んだ。

りおは無線機を取って、蘭子に呼びかけた。

――どうした、彩川。

「永正耕太が一人で動きだしまして――」

状況を伝えようとすると、つばきが横から声を張った。

「蘭子！　今から言うナンバーを追跡して。千葉５３０あの３５――」

視界に捉《とら》えているタクシーのナンバーを告げる。

――わかった。追跡ナビはタブに送る。

そう返事をし、通信を切った。

「ずるい、先輩！　私が蘭子さんに言おうと思ったのに」

「誰が言おうが、伝わりゃいいんだよ。タクシーは今どこ？」

つばきが言った。

りおは車載タブレットを操作し、地図データを出した。まもなく、蘭子から追跡データが送られてきた。

永正の乗ったタクシーを示す赤い点滅は北東へ進みだした。

「海岸沿いを北東方向へ走ってますねー。どこに行くつもりなんだろう？」

りおが言う。

「しっかり見ててよ」

「任せてください！」

りおは右手を握って見せた。

つばきは小さく笑い、タクシーのテールランプを見つめて、車を走らせた。

タクシーは作田《さくた》川《がわ》を越えると、右折して、産業道路に入った。県道三十号線の南東にあり、並走している道だ。

産業道路といっても、狭めの片側一車線で街灯もほとんどない。道路脇には住宅や貸別荘、ビニールハウスがぽつりぽつりとあり、雑草に覆われているところも多い。

進むほどに暗さが増す。

つばきは少し速度を落として、距離を取った。

「今、どのへん？」

訊く。

りおは指でタブレットを操作し、地図をずらした。

「本須賀《もとすか》海水浴場あたりです」

「どこに向かってる？」

「えーと……このまま走ると、木戸川《きどがわ》の手前で突き当たりとなります。そこを左に折れると、県道三十号線に出ますね。九十九里《くじゅうくり》ビーチラインと呼ばれている道路です。それを北東方向へ進むと、銚子《ちょうし》に出ます」

地図を見ながら伝える。

「でも、ビーチラインに出るのかなあ」

りおがつぶやく。

「なぜ？」

つばきが訊いた。

「いえ、ホテルを出て左折したところがビーチラインだったので、ビーチラインを進むつもりなら、作田川を越えたあとわざわざ産業道路に入る必要はなかったと思うんですけど」

地図を確かめ、首をかしげる。

「一応、警戒してるんじゃない？　ごらんの通りの道だから、尾行されていればすぐにわかるだろうし」

フロントガラスの先を見る。

真っ暗な道路に、つばきたちの車のヘッドライトの明かりと、前を走るタクシーのテールランプの明かりだけが浮かんでいる。

「このまま尾行して大丈夫ですかね？」

りおが言う。

それももっともだ。後部左座席に乗っている永正はともかく、タクシーの運転手にはつばきたちの車の存在は知られている。ほとんど人も車の通りもない道で後ろにぴたりと張りついていたら、不審に感じるだろう。

「モニターを見ててね」

つばきは言い、白幡《しらはた》・井《い》之《の》内《うち》海水浴場前の十字路を左折した。

そのまままっすぐ進み、信号のある交差点で右折して、九十九里ビーチラインに出た。

そして、北東へ進む。

「どう？」

「タクシーは、産業道路を北東へ進んでいます」

「どのみち、突き当たりまでは来そうだね」

つばきは言い、少しスピードを上げ、産業道路の北東端とビーチラインに当たる丁字路まで急いだ。

「タクシーは？」

「産業道路を木戸川の手前まで進んでいます」

りおが言う。

つばきは丁字路を右折し、産業道路に入った。少し進んで、田んぼの畦道《あぜみち》に車をバッ
クで入れ、ライトを落とす。

「今、タクシーは木戸川の突き当たりに来ました。停まっています」

「停まってる？」

「はい。堤防手前の通行止めのところまで進んでいます」

「こんなところで降りる気か……？」

つばきは首をかしげた。

と、りおが続けた。

「あ、動きだしました。手前の丁字路まで戻ってきて……今、私たちの方へ来ています」

りおが赤い点滅の動きを中継する。

りおの言う通りであれば、タクシーが行き止まりを知らずに突っ込み、バックもしくは転回して戻ってきて、産業道路を走り始めたという感じだ。

「タクシーが来ます」

りおはシートに身を沈めた。つばきも尻《しり》を前にずらして、身を低くする。

フロントガラスの先を凝視する。タクシーがゆっくりと前をよぎった。後部座席に人影があった。

つばきはエンジンをかけ、ヘッドライトを点《つ》けて、後を追おうとした。

「先輩、なんかヘンです」

「何が？」

左へハンドルを切ろうとしたが、つばきは手を止めた。

「確か、永正は後部シートの左側に座ってましたよね？」

「そうだね」

「けど、今、後部シートにいた人は私たちから見て奥側、つまり、右側に座っていました」

言われればそうだ。

「位置を変えただけじゃない？」

「先輩、タクシーに乗った時の位置、変えます？」

「私は変えないよ」

「私もです。誰かと乗っていたなら別ですけど、一人の時は初めから心地いい位置に収まりますもんね」

「それもそうだ。彩川、モニターでタクシーの位置だけは監視しておいて」

言うと、つばきは右折し、タクシーとは反対方向に車を走らせた。

丁字路まで来て左折し、行き止まりまで進もうとした。

と、左建物の敷地内から一台のバイクが出てきた。

オフロードバイクだ。前面が尖《とが》った黒いヘルメットをかぶっていて、顔は見えない。

つばきはバイクの二十メートル手前あたりで車を停めた。

バイクがゆっくりと近づいてくる。

つばきとりおは、バイクの男を凝視した。

このような場所にバイクに乗った男が現われるのは不自然だが、左手に見える家の住人かもしれない。

細身で背格好も永正を思わせるが、全身黒い革製のつなぎを着ていて、ホテルを出た時の格好とはまるで違う。

二人とも、半信半疑のまま、バイクが過ぎるのを待っていた。

バイクが脇を通り過ぎようとした時、りおはハンドルを握る何者かの左腕に目を留めた。

ヘッドライトに一瞬光った腕時計のバンドが赤い。

「永正！」

りおが声を上げた。

つばきはとっさにドアを開いた。

真横に来ていたバイクの横面にドアがぶつかり、倒れそうになる。

何者かは、左脚で転倒を防ぐとともに、スロットルを開けた。後輪が回転し、砂ぼこりと砂利を巻き上げる。

つばきは左腕で顔を覆った。飛んできた小石が顔や胸元に当たる。

バイクは左に九十度回り、車両侵入規制のガードの脇をすり抜け、海岸の方へ向かった。

「逃がすか！」

つばきはドアも閉めず、アクセルを踏み込んだ。ハンドルを切ると、タイヤがスキール音を放って砂ぼこりを巻き上げた。

りおはアシストグリップをつかんだ。

タイヤが地面を嚙《か》んだ瞬間、車は勢いよく飛び出した。急左折する。ドアが勝手に閉まる。

フロントがガードを弾《はじ》き飛ばした。車内が衝撃で揺れる。バンパーが壊れて傾いた。しかし、つばきはかまわず、前進した。草むらに引っかかったバンパーが外れて吹っ飛んだ。

上下左右に揺れながら、草むらを突っ切ると、広大な砂浜が現われた。

九十九里浜だ。

千葉県東部の刑部岬《ぎょうぶみさき》から太東崎《たいとうざき》までの海岸線を九十九里浜と呼ぶ。日本最大級の砂浜海岸で、全域が千葉県立九十九里自然公園に指定されている。

どこまでも続く広くて白い砂浜が特徴的で、海岸沿いには多数の海水浴場がある。

日中であれば、はるか先まで陽光にきらめく白い砂浜が眺望できるが、夜間、砂浜を照らすのは月明かりのみ。しかし、月光に照らされ蒼白《あおじろ》く浮かび上がる海岸線もまた絶景だ。

誰もいない砂浜に、二つのエンジン音が響いた。

つばきは波打ち際を疾走するバイクのテールランプを捉《とら》えた。

アクセルを踏むが、時折、タイヤが砂浜に沈み空回りする。

つばきはタイヤが沈まないよう、波打ち際の湿った砂地を選び、思い切りアクセルを踏み込んだ。グンとスピードが増す。二人の背がシートに押し付けられた。

「どこに向かってる？」

つばきが訊《き》く。

りおは揺られながら、タブレットの地図で現在の位置を確認した。

「南下しています。このまま進むと、作田川の河口に突き当たります」

「どこかで道路に戻るね。その前に捕まえよう」

つばきはテールランプを見据えて加速した。

オフロード仕様のバイクも速いが、特別仕様の警察車両も負けていない。少しずつ、バイクとの距離を詰めていく。

時折跳ねあがる海水がフロントガラスにぶつかり、弾ける。

作田川の河口が見えてきた。

バイクは道路方面へハンドルを切る気配がない。

「このまま突っ込むつもり？」

つばきがつぶやいた時、いきなり前方で、バイクが反転した。ハイビームになったバイクのヘッドライトがつばきとりおの視界に飛び込み、思わず目を細める。

つばきはブレーキを踏み、バイクの五十メートル手前で車を停めた。

車のライトがバイクを照らす。

しばし、つばきたちとバイクの何者かは睨《にら》み合った。

そして、ゆっくりとバイクがつばきたちの車に近づいてきた。十メートルほど手前で停まると、何者かはエンジンを切ってバイクを降りた。ヘッドライトを灯《とも》したまま、つばきたちの方へ歩いてくる。

つばきもエンジンを切り、車から降りた。りおも続く。二人はヘッドライトを背に、何者かに近づいた。

五メートルほどの距離を置いて、双方が立ち止まった。

「永正耕太か！」

つばきが声を張った。

何者かは、ヘルメットのシールドを上げた。

「君たちは警察関係者か？」

「警視庁の彩川だ！」

つばきの口調につられ、りおが大声で名乗った。

「同じく、警視庁の椎名《しいな》だ。永正だな」

「そうだ。こんなに早く居所が割れるとは思わなかった。たいしたものだな、君たちは」

「警察を舐《な》めるな！」

りおが興奮気味に叫ぶ。

つばきは苦笑しつつ、永正を見据えた。

「予想はしていたんだろ？　でなきゃ、こんな手の込んだ真似《まね》をして、追跡者をまこうとはしない。それとも、私たち以外の誰かに追われる理由でもあるのか？」

問いかける。

ヘッドライトが照らす永正の頬に笑みが滲《にじ》んだ。

「万が一、そうしたこともあるかもしれないと、手を打っただけなんだがね」

「つまんない手を打たなきゃならないことをしたんだろ？」

つばきが挑発気味に言う。

「君たちが何をどこまでつかんでいるのか知らないが、ある面は事実で、ある面は事実でないだろう」

永正の声に余裕が滲む。

つばきは嫌な予感がした。

「一つ、提案がある」

永正が切り出した。

「私は逃げない。真相をうやむやにして死ぬこともない。すべてが終われば、必ず、出頭する。だからもう少し、あと半年だけ、猶予をもらいたい」

「条件は呑《の》めない。今すぐ出頭して、一連の事件の真相を語ってもらう」

つばきは一刀両断に返した。

「どうしても、ここで私を逮捕するのか？」

「逃がす気はない」

「頑固な人だな……」

ふっと笑う。

「ということだ」

永正が言った。

と、防砂林の向こうからバイクの音が聞こえてきた。数台、いや、十数台――。ヘッドライトが二つ三つと現われ、つばきたちに迫ってくる。

りおが車へ駆け戻ろうとした。

パンと乾いた音が響き、りおの足下の砂が弾けた。

とっさに足を止める。

「動かない方がいい。腕のいい狙撃手が君たちを狙っている」

「そんな連中、なぜ雇ってる？」

「いろいろあるんだ。世の中、理屈や道理じゃ動かないこともある。そういう時に使えるのは暴力だけだ」

「つまらない屁理屈《へりくつ》だね」

「君たちも公権力という暴力を盾に、一般市民を脅しているだろう？　しかし、公権力は一部の者には役に立たないこともある。近頃のネット界隈《かいわい》の言葉を借りれば、上級国民に対して、公権力は無力だな」

「おまえに何がわかる？」

「君たちこそ、私の何を知っている？　暴力なんて、使わずに済むなら生涯使うことなく終えたいものだ。だが、それを使わざるを得ない状況に追い込まれた時、君ならどうする？　座して死を待つか、プライドをかなぐり捨てて活路を見いだすか」

　永正が話している間に、複数のバイクが永正とつばきたちを半円形に取り囲んだ。ヘッドライトが、浜辺にスポットライトを作っている。その中央に三人がいた。

「私は無用な暴力は振るわない。すべては理由があってのことだ。君たちには君たちの理屈があるように、我々には我々の理屈がある。ただ、私も法治国家に生きる人間。法を犯したならば、裁かれなければならない。だから逃げないと言っている。その上で、すべてが終わるまで待ってほしいと頼んでいる。もうこれ以上、無用な暴力を行使したくないんだ」

　滔々《とうとう》と持論を語る。

　あまりに身勝手な言い分に、つばきは怒り、震えた。顔を上げる。今にも怒鳴ろうと口を開きかけた時、りおが先に言葉を発した。

「わかりますー、それ」

「彩川！」

つい、りおに向かって怒鳴った。

りおはつばきを無視して、永正を見つめていた。

「理由がなきゃ、人は暴力を振るわない。理由があるから、仕方なく暴力を振るう。ホント、その通りだと思いますー」

マスクを取って投げ捨て、笑顔を向ける。

永正がうっすらと微笑んだ。

瞬間、りおが真顔になった。

「――って、バカじゃないの、あんた」

声が低くなり、口調は冷たい。

「暴力に理由なんてないよ。自分の感情に任せて、肉体や言葉で相手を傷つけたいだけ。あんたの理由なんて知らないけどさあ。結局は、腹が立ったことがあって、銃とか振り回してるんでしょ？　あるいは、自分の都合が悪くなるからとか。そんなもんよ。違う？」

顎《あご》を上げて胸下で腕を組み、見下げる。

「君は暴力の本質をわかってないね」

顔を小さく横に振る。

「わかってないのは、あんただよ。暴力振るうのにあれこれ理由を付けちゃってさあ。なんか理屈付けないと、自分が堪えられないんでしょ？　自分がただのごろつきと思われたくないんでしょ？　周りにいい顔して暴力振るうヤツほど、救いようのないバカはいないよねー」

そう言い放ち、りおはケラケラと笑った。

周りを囲んだバイクの者たちが、一気に殺気立った。

「あんたみたいなバカがね。真面目に、静かに生きたい人たちを傷つけるんだよ。悪気の欠片《かけら》もなく。私は、あんたみたいなバカがこの世で一番――」

りおがキッと眉《まゆ》を吊《つ》り上げた。

「大っ嫌い」

思い切り罵倒《ばとう》され、永正の表情も歪《ゆが》む。

が、すぐに笑みを作り直した。

「言いたいことはそれだけか？」

「もう一つ」

りおは腕を解いて、だらりと振った。永正や他の者には、だらしなく腕を垂らしただけに見えた。

しかし、りおはつばきの腕を意識してトンと叩《たた》いた。

つばきはそれに気づいた。が、相手に悟られないよう、表情を変えなかった。

「私たちがどうなろうと」

りおは右脚の膝《ひざ》から下を曲げ、爪先《つまさき》を砂地に差し入れた。

「あんただけは逃がさないからね！」

声を張った瞬間、砂を永正に向けて蹴《け》り上げた。同時にバイクの者たちの陰に隠れるようしゃがむ。つばきも瞬時に屈《かが》んだ。

スポットライトの様に集まった光の中に、つばきとりおが沈む。

永正は手を顔の前に立て、砂を避けた。目を開けると、そこに二人の姿はない。

「どこだ！」

永正は周りを見回した。

と、いきなり、車のエンジンがかかった。

永正が車を見た。すると、タイヤが砂を掻《か》き上げ、急発進した。永正に突っ込んでくる。

永正は真横に飛び退《の》いた。

車はバイクを弾き飛ばした。ヘッドライトが割れて消え、ミラーやカバーが砕けて砂浜に四散する。

車はバイクを踏み潰《つぶ》して、直進する。

「追え！」

永正が怒鳴る。

バイクが一斉につばきたちの車を追い始めた。

助手席に飛び乗ったりおは、アシストグリップを握り、弾む体を支えていた。

「先輩！　逃げるんですか！」

「まさか」

つばきはマスクをもぎ取って後部シートに投げ、ハンドルを切って、反転した。そして、バイクの群れに突っ込んでいく。

突如向かってきた車に驚き、バイクの列が左右に散った。遅れたバイクを車が撥《は》ね上げる。

宙を舞ったバイクとライダーが砂浜に叩きつけられた。

いきなり、フロントガラスに蜘蛛《くも》の巣状のヒビが走った。

つばきとりおは思わず首をひっこめる。

「銃が厄介だね」

つばきはまた反転した。

「かき回すよ。しっかりつかまってな！」

言うと、リアを振ってまた、バイクに向かって車を走らせた。

6

つばきはバイクの群れに突っ込んでは反転し、また群れに突っ込むという運転を繰り返していた。

まるで、暴れ牛だ。

バイクに乗った敵は、うまく避《よ》ける者もいたが、一台また一台とつばきの車に弾《はじ》かれ、倒れていく。

りおはアシストグリップを握り締め、体を支えた。

「先輩、右四十五度！」

大声で伝える。

つばきは右にハンドルを切った。目の前にバイクが突っ込んできた。

フロントがバイクの後輪を撥ねる。バイクは前輪を軸にして回転し、竜巻のように舞って吹っ飛ぶ。ドライバーは放り出され、頭から砂浜に落ちてめり込む。

「左斜め、八十！」

りおの声を拾い、反射的にハンドルを切る。

ヘッドライトの先にバイクが現われた。真横から突っ込み、倒れたバイクに乗り上げる。巻き込まれたドライバーにタイヤが乗り上げるが、砂浜に埋まった。

「右斜め、四十！」

りおが声を張る。

右に切ると、バイクの前輪に左のフロントが当たった。

砂を噛《か》んで撥ね上がったバイクが宙で三回転して波打ち際に転がる。ドライバーは途中で放り出され、背中から砂浜に叩きつけられた。

りおはバイクの進行方向を予測し、ナビゲートをしていた。その見切りは的確だった。

バイクの群れを通り越し、つばきはブレーキを踏みながら左に目一杯ハンドルを切った。リアが滑り、半回転して前を向き、止まる。

「だいぶ、減りましたね」

りおが前方を見据える。

「うん。だけど、銃が厄介だ。狙撃手とやらがいる限り、外に出られない」

つばきが周囲を見回す。

と、波打ち際に倒れているバイクが目に留まった。

また、銃弾が飛んできた。運転席側のボディーフレームに当たり、弾け飛ぶ。

つばきとりおは体を沈めた。

「彩川、運転代わって」

「どうするんですか？」

「狙撃手とやらを仕留めてくるから、それまで派手に掻き回して」

つばきは言うと、りおの太腿《ふともも》の上を這《は》った。手を伸ばし、助手席側のドアを開ける。

「あのバイクを使うから」

つばきが言った。

りおは横目で浜辺を見た。

「私がサインを出したら、防砂林の方に頭を向けて」

「ヘッドライトを浴びせるんですね？」

「そう。少し防砂林の方へ走った後、またバイクどもにぶっこんで。その間に私はバイクで防砂林の裏に回るから」

「了解です！」

りおは親指を立てた。

つばきが車のボディーに身を隠し、外へ出た。りおが少し頭を上げる。

つばきは倒れた男のフルフェイスのヘルメットをもぎ取って、かぶった。バイクを起こし、親指を立てる。

りおはうなずき、運転席に移動した。身を低くしたまま、アクセルに足を置く。

そして、踏み込むと同時に右へハンドルを切った。フロントが防砂林の方へ向く。りおは手元のレバーを押し、ハイビームにした。

ＬＥＤのヘッドライトが林を広範に照らす。

つばきはバイクのライトを点《つ》けず、永正たちがいる場所とは反対方向に走った。

百メートルほど離れ、バイクのヘッドライトもほとんど届かない暗がりで、バイクを乗り捨てる。

遠くではりおが運転する車のヘッドライトが暴れている。バイクは右往左往して、りおから逃げ回っている。

つばきは防砂林を見つめた。銃弾が飛んできた方向を思い出し、暗闇を見上げた。被弾したところから目で弾道をたどり、つないでみる。

と、防砂林の先に建物があった。

カフェか海の家のような感じだが、中央には時計台が建っていて、防砂林の上部と重なっている。

つばきはヘルメットを脱ぎ捨て、まっすぐ走って防砂林の端まで来た。

木の幹に隠れながら移動し、建物の近くまで来る。時計台を見上げた。

浜辺の方では、変わらず、車とバイクのエンジン音が唸《うな》っている。

じっと見つめていると、月明かりに何かが光った。

パンと小さい音が弾け、マズルフラッシュが瞬く。

つばきは建物に走った。たどり着くと、素早く壁に背を当てた。

建物の壁伝いにそろそろと歩き、様子を窺《うかが》いながら入口を探した。

建物北側にある通用口らしきドアのノブに手をかけると、開いていた。蝶番《ちょうつがい》が鳴らないよう、そろりそろりと開ける。

わずかな隙間で体を滑り込ませて、そっとドアを閉じた。閉まり切ると、室内は真っ暗な静寂に包まれた。少し入口で目を閉じる。上部でかすかにカチャッという音が聞こえた。

ボルトを引いた音か……。

ゆっくりと目を開ける。少し夜目が利いてきて、窓から差し込むわずかな月明かりで、部屋の状況がある程度確認できるようになった。

建物内はカフェだった。長期休業しているのか、テーブルに椅子が上げられ、シーツがかぶせられている。壁に並べられているリキュールの瓶も開けられた形跡がない。瓶はうっすらと埃《ほこり》をかぶっていた。

つばきは、慎重に歩を進めた。

また、カシャッと音が聞こえた。音のした方に目を向ける。

店の厨房《ちゅうぼう》の奥だ。螺旋《らせん》階段がある。どうやら、それが時計台に上がる階段のようだ。

厨房に入ると、つばきはあたりを見回した。

アイスピックを見つけ、右手の中にそっと忍ばせた。

階段下で靴を脱いだ。足音を立てないためだ。右脚を階段に乗せ、体重をかける。造りはしっかりしていて、軋《きし》みはない。

一歩ずつ、焦らず慎重に上っていく。

永正は〝腕のいい狙撃手〟と言った。

日本にスナイパーがいるとも思えず、また、永正が海外のスナイパーをわざわざ雇っているとも考えにくいが、万が一本物なら、格闘術にも長《た》けているはず。

気を抜けばやられる。

つばきはわざとゆっくり呼吸をし、昂《たか》ぶる神経を抑えた。

一歩一歩、狙撃手に近づいていく。

影がうっすらと見えた。上体を傾け、上を覗《のぞ》く。

男がいた。小柄だががっしりとした背中だ。ライフルを握っていた。銃身を窓枠に乗せ、スコープを覗いている。

男が引き金を引いた。乾いた音が螺旋階段にこだまする。

ボルトを引いた。薬きょうが飛び出し、足下に落ちて金属音を立てる。

腰につけたポーチから弾丸を取り出し、数発入れていく。

そして、また構えた。

狩猟用のボルト式ライフルのようだった。

なるほど、狙撃手ね。

つばきは男を睨《にら》んだ。

おそらく、撃っているのは狩猟者だ。彼らが狙うのは獣だが、動いている標的を狙う腕は高い。

ただ、人を狙うことには慣れていない。狩猟に出かけた時、最も神経を尖《とが》らせるのは誤って仲間を撃ってしまう事故だからだ。

車を狙われている時、的確に車には当たるが、自分たちにはなかなか当たらなかったことを思い返し、不思議に思っていた。

永正が言うように、人間に対する狙撃手なら、何発も撃つことなく、確実に仕留めているはずだからだ。

しかも、本物のスナイパーなら、敵に簡単に発見されるような場所から射撃することはあり得ない。

かたや、狩猟のプロの神髄は、射撃の腕もさることながら、獲物にどれだけ近づけるかという点だ。

凄腕《すごうで》の狩猟者ほど、獲物の動きを読み、風を読んでニオイなどで気づかれない場所に先回りして、そこからさらに近づいて近距離で銃口を向けることができる。

確実性という点では同じでも、その行動様式はまるで違う。

つばきはそろそろと背後に近づいた。

男がまた発砲を始める。前方の〝獲物〟に意識があるからか、つばきの気配には気づいていないようだ。

つばきは階段少し下で真後ろに来た瞬間、左腕を首に巻きつけた。

男が抗《あらが》おうとする。アイスピックの切っ先を目の前に突きつけた。

「動くな。刺すよ」

つばきは静かに言った。

アイスピックの切っ先を眼球に向けたまま、左手に持ち替える。右手を腰に回して、ポケットに入れた手錠を取り出そうとする。

と、男がいきなり、頭を後ろに振った。

つばきの顔に後頭部が当たる。一瞬、視界が奪われ、つばきの手が男の眼前から離れた。よろけて、階段から落ちそうになる。とっさに螺旋階段の手すりに背中を預け、落下を防いだ。

振り返った男は、両腕を伸ばし、つばきの首を絞めてきた。分厚い指が首を絞めあげる。

つばきの息が詰まった。

男の力は強い。このまま首ごと折られそうなほど剛力だ。

月明かりに照らされるつばきの顔がみるみる紫色に変わっていく。

つばきは左手のアイスピックを握り締めた。力が抜けそうになる腕を震えながら持ち上げ、男の右二の腕を刺した。

ねじ込む。

男は相貌《そうぼう》を歪《ゆが》めた。右手が首から離れた。

しかし、左手はまだ残ったまま。男の太い指が喉仏《のどぼとけ》に食い込む。

つばきはアイスピックを引き抜こうとした。が、力が入らない。

ヤバい……。

全身に脱力感が広がり、意識が遠退きそうになる。

手すりに預けた体がずるっと滑った。

つばきの体が仰向《あおむ》けに倒れていく。

左腕を突っ張っていた男のバランスが崩れた。つばきの首を握ったまま、前のめりに倒れてくる。

つばきは右膝《みぎひざ》を曲げ、男の股間《こかん》にパンプスの底を当てた。そのまま倒れ込む。階段に背中を打ちつけ、息を詰める。が、瞬間、渾身《こんしん》の力を込めて、右膝を伸ばした。巴投《ともえな》げのような形になった。

男の体がふわっと浮き上がった。たまらず、つばきの首から左手を離す。宙に舞った男は受け身を取ろうと両腕を伸ばした。だが、手をついた瞬間、右腕に痛みが走り、右肘《みぎひじ》が折れた。そのまま階段に顔面から落ちた。回転の付いた体が階段を転げ落ちる。

呻《うめ》きが聞こえ、しんとなった。

つばきは首をさすり、何度か大きく呼吸をして起き上がった。

男の下へ駆け寄る。男は動かなかった。首筋に指を当ててみる。脈はあった。額から血は出ているが、気を失っているだけのようだった。

「危なかったな……」

つばきは階段を駆け上がった。

足場に転がったライフルを拾い、銃身を窓枠に載せ、銃床を右肩の付け根に固定して、スコープを覗く。

りおは車で走り回っていた。しかし、追い回しているというよりは囲まれていた。南風のように群がるバイクのヘッドライトが間合いを狭めている。

「ヤバいな」

つばきはりおの車に近いバイクかドライバーを撃とうとした。が、的が定まらない。歯噛《はが》みしながら狙っていると、一台、停まっているバイクを見つけた。

その横に腕組みをして立っているのは、永正だった。

スコープを拡大する。永正は追い回されるりおを見て、うっすらと笑っていた。

「くそったれが」

永正の太腿《ふともも》に照準を合わせ、ボルトを引く。引き金に指をかける。大きく息を吸って吐き、引こうとした。

だが、指を止めた。

永正を撃ったところで、永正が倒れるだけ。むしろ、狙撃手がこちらの手に落ちたと知らせるようなものだ。仲間と共に逃げ去るだろう。壊れた車で追跡するのは難しい。

つばきはスコープで永正の周りを見た。動いていた銃身が止まる。

ターゲットが見つかった。

照準を永正のバイクのタンクに向けた。動かない上に、的としても大きく狙いやすい。

慎重にスコープ内の十字線の中心を合わせる。タンクとぴたりと合った。

「派手に打ち上がってくれよ」

つばきは呼吸で三つカウントを取ったところで、引き金を引いた。

炸裂《さくれつ》音がし、右肩が反動で後ろに弾《はじ》かれた。

銃身内のライフリングで回転がついた弾丸が防砂林を抜け、バイクに迫った。

弾頭がタンクにめり込む。穴が開いたところからガスが漏れる。擦《こす》れた弾丸が火花を放った。ガスに引火し、火種が弾丸と共にタンク内へ飛び込んだ。

タンク内に充満していたガスに引火した。タンクが破裂する。

飛び散ったガソリンが空中で気化し、次々と燃え上がる。

わずか一秒にも満たない瞬間にバイクのガソリンタンクが破裂し、火柱を噴き上げた。

永正の姿を捜した。

永正のつなぎが火に包まれている。バイクが停まり、仲間が駆け寄った。

伏せた永正に砂をかけ、あわてて炎を消す。

つばきは男が乗り捨てたバイクのタンクに照準を合わせ、ボルトを引き、弾を装填《そうてん》した。キャップあたりを狙い、撃つ。

銃弾はキャップを弾き飛ばした。中からドクドクとガソリンがあふれる。気化したガソリンが近くの火種に触れた瞬間、炎が砂浜を駆け、タンクを包んだ。

再び、爆発が起こる。

永正の周りにいた者たちが、首をすくめたり、地面に伏せたりした。

起き上がると、周りを見回したり、何やら顔を向けて身振り手振りで話したりしている様子が見えた。中には、つかみ合いを始める者もいる。

パニック状態になっていた。

バイクが一台、砂浜から防砂林へ上がっていった。逃げていったようだ。

それを見て、一台、また一台と現場から逃走を図る。バイクを壊された者がシートにまたがり、無理やり二人乗りで逃げていった者もいる。

りおは車を停めて降り、永正に駆け寄った。

つばきはライフルを捨て、階段を駆け下りた。途中、気絶している男を飛び越える。緊急連絡を入れようと、ポケットに手を伸ばした。が、スマホはどこかに落としてしまっていた。

階下に降りて、店内を見回す。消火栓を示す赤いランプがあった。駆け寄って、自動火災報知設備のボタンを押す。

けたたましいベルが店内に鳴り響いた。

つばきは店を飛び出し、防砂林を駆け抜けた。まっすぐ、りおの下へ向かう。

「彩川！」

「椎名さん！　永正が！」

「わかってる。あんた、スマホは？」

「車の中です」

「至急、課長に連絡を入れて、各手配を」

「はい！」

　りおが車に駆け戻る。

　つばきは永正の体を仰向けに起こした。ヘルメットに手をかける。炎に燻《いぶ》され、熱い。それでもかまわず、ヘルメットを取った。

　焼けて溶けているつなぎのファスナーを下ろせるところまで下ろして、胸元を開く。顔や腕、脚に火傷《やけど》を負っていた。

　つばきは店に駆け戻った。明かりを点《つ》け、店内のバケツに水を汲《く》んで、タオルや台布《だいぶ》巾《きん》も持って駆け戻る。

　タオルを真水で濡《ぬ》らし、軽く絞って、火傷部分に広げて置いていく。保湿と冷却をするためだ。

　顔にタオルをかけると、永正が意識を取り戻した。

「おまえ……」

「動くなよ。タオルと一緒に皮も剝《は》げて落ちてしまうからさ」

言いながら、手当てを続ける。

「俺を助けるのか……？」

「当たり前だ。私を誰だと思ってんの。殺し屋じゃないよ」

毒づく。余計な言い回しだが、これも永正の意識を保たせるためだった。

「あんたにはいろいろしゃべってもらわなきゃならない。あんたがどう思おうがね」

「しゃべらないと言ったら？」

「その時は、私が直々にあんたを焼き豚にしてあげるから、勝手に死なないでよ」

つばきの言葉に、永正は弱々しく笑みを浮かべた。

「椎名さん！　各方面に連絡を済ませました！」

りおが車から叫んだ。

「彩川！　ハサミとかカッターとか！　何か切れるものない？」

「あります！」

「持ってきて！」

つばきが声を張る。

りおは自分のバッグを持ってきた。中からポーチを取り出す。

髪の毛を切るハサミや眉《まゆ》や産毛を剃《そ》るためのカミソリが入っていた。

「これでいいですか？」

「いい。服を切って、なるべく火傷した部分の皮が剝がれないように、開いて」

「わかりました」

りおは指示通りに作業を始めた。

傷を見て、手に血がついても、嫌な顔一つせず、服を切り、少しずつ開く。

つばきはその様子に、りおの本当の人柄を見た気がした。

救急車とパトカーのサイレンが聞こえてきた。

「捕まるわけにはいかんな」

永正が身を起こそうとする。

つばきは肩を押さえつけた。

「動くなって言ってんだろうが！」

怒鳴りつける。

「今、動けば死ぬよ」

「死んでもやらなきゃならないことがある」

「そんなもん、ないですよ」

りおが言った。

「死んだら何もできないし、何も伝えられない。やらなきゃいけないことがあるなら、殺されても生き延びなきゃダメですよ。死ぬ気でやろうとする人は、どこにも手が届かないまま死ぬだけです」

作業をしながら淡々と語り、一息ついて顔を上げた。

「生きてください」

にっこりと微笑む。

永正の張り詰めた気配が和んでいくのが手に取るようにわかった。体からスッと力が抜けていく。

「おもしろいな、君たちは」

「こっちはおもしろくもなんともないよ」

救急車が砂浜に降りてきた。

りおは車に駆け戻り、ヘッドライトをパッシングした。救急車が赤色灯を回し、近づいてきた。

救急隊員が降りてくる。すぐ、永正に駆け寄った。傍らに屈《かが》んで、状態を見る。

「ひどい火傷ですが、適切な処置です。ありがとうございます」

つばきを見上げ、礼を口にする。

「他にも倒れている人がいるので、診てやってください」

救急隊員に伝え、車に戻る。

パトカーも砂浜に降りてきた。つばきたちの車を認め、脇まで来て停車する。中年の制服警官が降りてきた。

「千葉県警の橋本《はしもと》です。被疑者は？」

「一人は救急車で運ばれてます」

ストレッチャーに乗せられ、救急車内へ運ばれていく永正に目を留める。

「あちこちに関係者が伸びてるので、全部引っ張ってください」

「承知しました」

橋本は敬礼し、指示を始めた。

つばきは運転席のシートを傾け、深くもたれて大きく息を吐いた。

助手席に来たりおも同じようにもたれ、息をつく。

「終わりましたか？」

「まだまだこれからだけど、大きな山は越えたかな」

「刑事って、大変ですね」

「まあな。けど、あんたはこれが片づいたら、広報に戻るんだろ？」

「その予定ですけど……」

りおは両腕を上げて伸びをし、つばきに顔を向けた。

「刑事もいいかなって思ってます。先輩と捜査できるなら」

屈託のない笑顔を見せる。

「私はごめんだよ」

苦笑し、シートベルトをかけた。

「私たち、いいコンビだと思いますけど」

「冗談は全部片づいてからにしな。行くよ」

ドアを閉め、エンジンをかけた。

りおもシートベルトをして、ドアを閉める。

二人はボロボロになった車で、赤色灯に照らされた浜辺を後にした。

7

一カ月後、容態が落ち着いた永正は事の仔細《しさい》をつばきとりおに語った。

旧永正鉱業社の先代・永正太一郎に心酔していた家村茂晴、遊佐貴幸、大貫猛と新生永正鉱業社を起《た》ち上げたところから始まる。

当初は、先代の遺志を継いで、廃品リサイクルに力を入れ、着々と業績を積み上げていた。

会社を大きくするため、株式を公開して資金を集め、さらに事業を拡大していた。

が、そこを投機筋に狙われた。

株価が乱高下するようになり、本業とは関係のない株価対策に資金を投入せざるを得なくなり、本業にも支障が出始めた。

業を煮やした永正は、家村たちと相談し、永正鉱業社とは切り離した形で、投機筋に対抗するための投資会社を起ち上げることにした。

それが、アジアンリテールキャピタル（ARC）だった。

家村、遊佐、大貫はＡＲＣに転籍し、投機筋に対抗した。

彼らが空売りを仕掛けてきたら買い集め、資金を投入して株価を吊《つ》り上げようと画策すれば売り浴びせて資金を回収する。

やがて、ＡＲＣは他の投資会社や銀行とも協力し、投機筋に対抗する同盟のような関係を創り上げ、逆に仲間総出で、投機を仕掛けるようにもなった。

当初の目的を逸脱し始めた家村たちに、永正は苦言を呈し、大きくなった資金を成長企業への投資へ切り替えてほしいと要請した。

しかし、旨《うま》みを知った家村たちは応じず、永正と袂《たもと》を分かった。

そして、あろうことか、ＡＲＣが永正鉱業社の株式を仕手株として操作するようになった。

そこに複数の投機筋が群がり、永正鉱業社では対処できなくなった。

乱高下する株価を見て、取引先や銀行筋が経営状況に不信感を抱くようになり、会社は徐々に傾いていった。

ついには、利幅が期待できる産廃処理が会社の主軸となり、設立当初の理念からかけ離れた会社となっていった。

それでも、まだ初めのうちは、産廃も適正に処理し、薄利ながらも堅実な経営に努めていた。

しかし、会社の資金繰りは悪化していくばかり。

そんな時に出会ったのが〈なかおか〉の社長、中岡光則だった。

中岡は、利益を出すには不法投棄しかないとうそぶいた。

不法投棄こそ、永正が忌み嫌うものだ。

まだ使えるものを無駄に捨て、さらに土壌や生態系まで荒らす。同業者で、そのようなことをしている者の話を聞くたび、はらわたが煮えくり返る思いだった。

だが、資金繰りが間に合わないのも事実。

そこで、会社再建の資金調達と、不法投棄をする産廃業者の一掃を同時に遂行すべく、中岡に基地局の窃盗を持ち掛けた。

当初、中岡は拒否をした。

産廃の不法投棄も立派な犯罪であるにもかかわらず、それ以上の罪は犯したくないと腰が引けていた。

そこで、永正はある人物に協力を打診した。

それは、大手ＩＴ会社セーシンの社長、宇治原満だった。

セーシンは後発でスマートフォン事業に参入していた。当然、他のキャリアに比べて基地局も少なく、独自の基地局からの電波の繋《つな》がる範囲が狭いため、顧客数も伸び悩んでいた。

そこに、永正はこう働きかけた。

他のキャリアの基地局を潰《つぶ》して差し上げます、と。

その後、自前の基地局を一等地に設置することができれば、セーシンとしては顧客獲得の材料となり得る。

宇治原は誘いに乗った。

宇治原が表に出ることはなかった。ただ、背後に彼がいるという事実は、中岡らを動かす良質な餌となった。

中岡たちには、いずれ、会社と社員はセーシングループの一企業になると伝えた。

もちろん、嘘だ。が、一流企業のグループ会社になれることを夢見た中岡や彼と組んで不法投棄をしていた産廃企業は、こぞって、永正の申し出を受けた。

そして、渋谷や吉祥寺を始め、首都圏の主要都市にあるセーシン以外のキャリアの基地局を狙い、協力企業主導で窃盗を繰り返した。

盗みを働く者は、SNSで集めた。

社員たちを強引に働かせると、不安になって警察へ駆け込む者も出るだろうと予想したからだ。

協力企業の社員らの一部は、基地局窃盗の事実を知っていたが、ほとんどの社員には、大量に廃棄された鉄くずを処理しているだけだと思わせた。

しかし、吉祥寺での犯行が失敗に終わり、実行犯が捕まる事態となって、状況は一変した。

宇治原から永正に、基地局の窃盗行為をやめるよう、指示が出たのだ。

さらに、関係した者の口を封じろ、とも。

永正は躊躇《ちゅうちょ》した。

中岡たちに一泡吹かせてやりたかったのは事実だが、命まで奪う気はなかった。

宇治原は、永正の指示で保管庫を焼き払い、中岡たちを一ヵ所に集めるよう、強く迫った。拒否をすれば、すべてを暴露するとも脅された。

引き受けざるを得なくなった永正は、言われた通りの指示を中岡らに送った。

宇治原から聞いた話では、集めた中岡たちをコンテナに詰めて公海で沈めるということだった。

非情な方法だったが、中岡たちのような連中が消えることに異論はない。どこか知らない海の底に沈んでくれたら、多少なりとも夢見は良くなると思った。

が、すべてが終わった後、宇治原の指令で中岡たちの処分を実行した者から、直接連絡が来た。

全員を射殺した、と。

永正は身の危険を感じ、家族と別れて潜伏しようと決心した。

そして、宇治原を倒すため、仲間を集めていた。

その矢先、つばきたちに所在を特定された。

追跡から逃れようとしたのは、本懐を遂げるため。宇治原を自らの手で殺すためだったと話した。

永正がARCを訪れたのは、当面の逃亡資金を家村に出させるためだった。が、断わられたという。

そういう理由で逃亡していたなら、あの大げさな変装の意味も理解できる。

永正の証言を基に、つばきたちは裏付けを取った。

まだ確定的ではないものの、永正の証言に沿う事実も出てきていて、永正の私的なパソコンにも宇治原とのやりとりの証拠も残っていた。

今、刑事部捜査第三課は、一課と合同で宇治原満の検挙に踏み切るかどうかを検討しているところだった。

会議を終えたつばきは、三課の部屋に戻った。ゆっくりと自席に戻り、腰を下ろす。

すぐ、りおが駆け寄ってきた。

「先輩、どうでした？」

隣の椅子を引き寄せ、座る。

「宇治原を引っ張る方向で固まりそうだね」

「じゃあ、事件はすべて解決ですね」

「そうだねえ……」

つばきは腕組みをした。

「なんだか、浮かない顔ですね」

「うーん……」

つばきは目を閉じて唸《うな》った。

「何か、ひっかかっているんですか？」

「できすぎなんだよね」

言って、宙を仰ぐ。

「できすぎって。真相にたどり着いたら、すべてが合致するんじゃないんですか？」

「そうなんだけどさ。九十九里浜で永正と対峙《たいじ》した時の雰囲気、覚えてる？」

「覚えてますよ。警察でも関係なく殺すぞって感じで、凄《すご》みがありました」

「だろ？　そんなヤツが、大手企業の社長ごときの脅しに屈するもんだろうか」

「家族も殺すと言われてたとか。宇治原が永正の証言通り、中岡たちを皆殺しにするくらいの力を持っていたとしたら、怯《おび》えても仕方ないんじゃないですかね」

「それもそうなんだけどね」

つばきは終始納得のいかない難しい表情を覗《のぞ》かせる。

「もー、なんなんですか！　もう一度、調べ直してみますか？」

りおは煮え切らないつばきに苛立《いらだ》ちを見せた。

と、つばきのスマートフォンが鳴った。ショートメッセージが入ってきた音だ。

「ん？」

見て、立ち上がる。

「どうしたんです？」

りおが訊《たず》ねる。

「あんたも一緒においで」

言うと、部屋を出て行く。りおはあわててついていった。

「どうしたんです？」

横に並ぶ。

「蘭子に呼ばれた。バイクの男について話があるんだと」

「浜辺にいた人のことですか？」

「たぶんな」

話しながら歩き、サイバー室に着くと、ドアの前で蘭子が待っていた。

人差し指で、奥の会議室を指す。つばきとりおは、指示通りに会議室へ入った。

すぐ、ノートパソコンを持って、蘭子が入ってくる。ドアを閉めると、鍵《かぎ》をかけた。

「何？　話したいことって」

「まあ、座って」

二人を促す。

左側の長テーブルの真ん中あたりに座る。

蘭子は二人の間に入って座り、ノートパソコンを置いた。

「あんたらの車載カメラからバイクや服装を確認して、その後の連中の逃走経路を探っていたんだよ」

「課長から聞いてます。見つかったんですか？」

りおが訊《き》いた。

「とりあえず、見つけたんだけどさ。先にあんたたち二人に確認してもらおうと思って」

蘭子はまず、浜辺の画像を出した。

「この、永正に駆け寄った男がいるだろ？」

拡大する。

黒いフルフェイスのヘルメットを被《かぶ》り、全身黒いつなぎで身を包んだ細身の男だった。

「こいつのバイクを椎名が破壊した時、この男は永正を守るように被さった」

コマ送りの画像で説明していく。

「この時の永正の口元が映っていたんだ。爆破の衝撃でフェイスガードが飛んだせいでね。炎の明かりも役に立った」

そのシーンを拡大し、動画をスローで再生する。

黒ずくめの男は顔を傾け、永正の口元に近づけていた。永正の口元が何かを話しているように動く。

その後、男はかすかに首肯したように見えた。

「何か伝えてますね」

りおが言う。

「ただ逃げろってだけでもなさそうだね」

　つばきはモニターを凝視した。

「で、この男は仲間のバイクの後ろに乗って逃げたわけだけど、こいつを追跡していくと、四十分後、千葉駅の近辺に来ていた。そこで降りて、ヘルメットを仲間に渡し、タクシーに乗っている」

　画像と共に、蘭子が男のルートを説明する。

「男を乗せたタクシーが到着したのは――」

　ビル前に停車したタクシーの画像を出した。

「ARC本社が入ったビルの前だ」

　蘭子の言葉に、つばきとりおの眼差《まなざ》しが鋭くなった。

「気になって、この男のことを調べてみたんだよ。そうしたら、こんなデータが出てきた」

　蘭子は男の顔写真と履歴をモニターに表示した。

　榎《え》並《なみ》康《やす》夫《お》という四十五歳の男だった。新生永正鉱業社創設からの元社員で、今は警備会社勤務となっている。

「永正とは関係が深いということか」

「そういうことになるね。さらにだ。この口元の動きを解析してみた」

「蘭子さん、読唇術ができるんですか？」

「まさか。近頃は、AIという賢いヤツがいるからさ」

蘭子は言い、フォルダーの中のファイルをクリックした。テキスト画面が表示される。

「これが、AIが解析した結果。へんなのもあるけど、ざっと見てみ」

蘭子に言われ、つばきはタッチパッドに指を置いた。

ふらんびできく、ぐらんびえみく、などのわけのわからない文字列もあったが、すかんじなびやうさんくさい、といったなんとなく意味の分かる文字列もあった。

その中で、つばきとりおが同時に身を乗り出した文字列があった。

ぷらんびいでいく。

「プランBでいく、ですかね」

りおがモニターを見たまま、つぶやく。

「そうだろうね」

つばきが同意した。

「なんだ、プランBって？」

蘭子が疑問を口にした。

「仕方ない」

つばきは手をついて立ち上がった。

「蘭子、榎並の居所は？」

「調べてあるよ」

蘭子がにやりとする。

「先輩、課長にこれ伝えなくていいんですか？」

りおはつばきを見上げた。

「今、三課は宇治原検挙で動いているだろ？　永正が榎並に与えたメッセージのようなものが、ただの伝言であれば、大勢は変わらない。プランBでいく、と私たちはみているけど、そうじゃないかもしれないし。確定情報じゃないと上には上げられない。だから、私たちを呼んだんでしょ？」

つばきが蘭子を見やる。

「そういうこと」

蘭子は両肩を少し上げた。

「私と彩川が行ってくるよ。蘭子は待機してて。もし、今回の事案に関係があるとわかったら、家村たちも引っ張るから」

「わかった、準備しとくよ。榎並の居場所は車載ナビに流すから、車両ナンバー連絡して」

「オッケー。行くよ」

つばきがりおの背中を叩《たた》いた。

りおが立ち上がる。二人は会議室を飛び出した。

8

蘭子が送信したナビに従って、つばきたちが訪れたのは、東中野にあるマンションだった。

小ぢんまりとしたマンションで、路地の奥にあり、周囲はしんとしている。

このマンションの205号室が榎並の住まいだった。蘭子の情報では、榎並は昨夜、自宅に戻って、まだ家を出ていないという。

マンションの防犯カメラで監視をしているようだった。

「蘭子さん、私たちが動くのわかっていたんですか？」

その用意周到さに、りおが目を丸くする。

「あの情報を聞かせれば、私がすぐに動くと思っていたんだろう。あいつとは付き合い長いからな」

つばきは笑い、車を近くの時間貸し駐車場に停めた。

二人は車を降り、マンションに戻った。

周囲を見て回る。マンションは周りのビルに囲まれていて、建物の間はほとんど隙間がない。接している壁には空調用の小窓があるだけなので、そこから逃げられるということはない。

路地に面した側にベランダと窓がある。玄関以外から逃げるとすれば、ここを飛び降りるしかない。

「彩川、ここで見張ってろ。私が行ってくる」

「先輩より、私の方が呼び出すのうまいと思いますよ。私が行ってきます」

そう言うと、りおは玄関に走っていった。

「おい！　まったく……」

つばきはりおを見送り、ベランダからは死角になる電柱の陰に身を隠した。


りおは普通に歩いて、部屋の前に立った。

インターホンを鳴らす。

「すみませーん」

中に呼びかけ、もう一度ボタンを押した。

中の音に耳を澄ます。少し何かが動くような音が聞こえた。

「隣の者ですけど、ちょっといいですかー」

呼びかけ、三度鳴らす。

しばし間があって、スピーカーから返事が来た。

――なんですか？

低くしゃがれた声だった。

「すみません。隣の者なんですけど、なんだか夜中に壁をドンドンと叩くような音が聞こえるんですけど」

――うちじゃないよ。

「でも、こちらから聞こえるんです。何か夜中に作業とかしてます？」

――だから、知らねえって。

男は苛立《いらだ》った様子で、インターホンを切った。

りおはすぐインターホンを鳴らした。二度、三度としつこく鳴らす。

「すみませーん！」

何度も何度も鳴らして呼びかけると、奥から廊下を踏み鳴らす足音が聞こえてきた。

ドアが開く。

「しつけえぞ！」

男はドアを乱暴に押し開けた。

りおはサッと後ろに飛び退いた。そして、男の全身を認めた瞬間、前蹴《げ》りを放った。

胸元にりおの靴底が食い込む。男はカウンター気味に前蹴りを食らって、後ろによろめいた。

三和土《たたき》の段差に踵《かかと》をひっかけ、真後ろにすっ転ぶ。

りおは中へ突入し、男の腹に馬乗りになった。両脚で男の両腕を押さえ、胸ぐらを両手でつかんで背中を床に押し付ける。

「榎並康夫さんですね？」

そう言い、マスクの右ゴムを外し、顔をさらす。

「なんだ、おまえ……！」

睨《にら》んでいた榎並の顔が引きつる。

「思い出した？　九十九里であなたに襲われた刑事でーす」

にっこりしたあと、襟を締め上げる。

「ちょっと聞かせてほしいんだけど。プランBって何？」

訊《き》いた途端、榎並の顔が強《こわ》ばった。

「やっぱ、プランBだったのね。早くしゃべらないと、窒息しちゃうよ」

りおは襟を締め上げた。

「わ……わかった……」

声を絞り出す。

「しゃ……べれ……ない……」

発する言葉が途切れる。

「あら、ごめんなさい」

りおは両手の力を緩めた。

瞬間、榎並がりおの両手を握った。背を反り上げ、腹を浮かせる。

りおの体が浮き上がった。榎並が体を右にひねって、両腕も右に引っ張った。

りおは振り落とされ、壁にぶつかった。

立ち上がった榎並は奥へと走っていった。窓を開け、ベランダに出る。

りおは廊下にへたり込んだまま、叫んだ。

「先輩！　行きました！」

つばきはベランダの様子を注視していた。

と、窓が開いた。

そしてすぐ、りおの声が聞こえた。

男が出てきた。後ろを何度も振り返りながら、ベランダの手すりに足をかけ、上った。

「待て、こらー！」

りおの乱暴な怒鳴り声が聞こえた。

男は地上を見つめ、意を決して裸足《はだし》のまま飛び降りた。

衝撃に顔をしかめ、膝《ひざ》を畳んでしゃがみ込む。いったん尻《しり》が落ち、ベランダを見上げる。

りおがベランダに飛び出してきた。

男は立ち上がって、逃げようとした。

その前に、つばきが立ちはだかった。

男が足を止め、つばきを見上げた。

「うちの新人、乱暴者でごめんなさいね」

つばきは微笑み、身分証を提示した。

警察バッジを目にした男の顔が蒼《あお》くなる。

「榎並康夫さんですね。伺いたいことがあるので、ご同行願います」

途端、榎並が踵《きびす》を返し、逃げようとする。

つばきは脚をひっかけた。榎並がアスファルトにダイブする。

「しょうがないなあ……」

つばきは背中に膝を落として腕をねじ上げた。

「何するんだ！　俺が何をしたってんだ！」

榎並が叫んだ。

「あんたには、九十九里で私らを襲ったという疑いがかかってんの。逃走の恐れがあったので、緊急逮捕したまで。文句があるなら、署でお願いね」

そう伝え、つばきは両手首に手錠をかけた。

りおが駆け下りてきた。

「先輩！」

つばきは榎並を立たせ、りおを見やった。

「あんた、上で何をしたの？」

「私は何も？　ねえ」

榎並をじっと睨む。

榎並はりおから視線を外し、うつむいた。

「さて、いろいろ話してもらうからね」

つばきは手錠の鎖を握り、腰を押した。

榎並は観念したようにとぼとぼと歩きだした。

9

ＡＲＣ本社の社長室に、杉平が若手三人を引き連れて訪れた。

社長室には、遊佐と大貫も顔を揃えていた。応接ソファーに向かい合って腰かけ、打ち合わせをしている最中のようだった。

「警視庁の杉平です。家村さん、ご同行願えますか？」

「なぜでしょう？」

家村は杉平を見上げた。

「プランＢの件です」

杉平が言うと、三人の顔が強ばった。

「元永正鉱業社の榎並という男が、うちの課員を襲ったことを認めましてね。逃走間際に受け取った永正からのメッセージをあなたに届けたことも自供しました。その際、あなたに当夜の状況も話したと言っています。であれば、犯人隠避の疑いもありますのでね。今のところ、任意同行をお願いしますが、必要とあらば、すぐにでも令状を用意します」

杉平は淡々と話した。

家村は深く息をつき、顔を伏せた。

「仕方ありませんね」

肘掛《ひじかけ》に手をついて、ゆっくりと立ち上がる。

「あとはよろしく頼む」

家村は、遊佐と大貫を見やる。

「あー、すみません。遊佐さんと大貫さんにもご同行願いたいんです。榎並は、あなた方の関与も証言してますもので。今は任意ですが、必要とあらば——」

「わかりました」

家村が割って入る。

「ちょっと待ってください」

そう言い、デスクの電話を取った。

「外部は困りますね」

「内線です」

家村は杉平に言い、内線ボタンを押した。

「……ああ、私だ。私と遊佐、大貫は少し会社を離れる。あとのことは任せるから、戻るまでうまくやっておいてくれ」

短く伝言し、電話を切った。

「どなたに？」

「うちの常務です。社長と取締役二人がいなくなるので伝えておかないと、会社が回りませんので」

「それはそうですな。では、お願いできますか？」

三人を見やる。

遊佐と大貫も立ち上がった。

それぞれの傍らに若手が付く。

杉平は家村たちを連れ、社長室を後にした。

エピローグ

つばきとりおの席に、三課の課長・野田坂が歩み寄ってきた。

「二人とも、今回はよくやってくれた。特に、彩川君。初めての刑事捜査でありながら、見事だった」

笑みを向ける。

「ありがとうございます」

りおは照れたように頰を染めた。

杉平も近づいてきて、デスクの端に尻をかけた。

「いやいやほんと、今度ばかりは、おまえらの手柄だ。よく、永正の伝言に気づいたな」

「それは蘭子を褒めてやってください。私も違和感は持ってたんですが、確証はありませんでした。あの解析オタクのおかげです」

つばきが笑う。

「誰がオタクだよ」

三課部屋を訪れていた蘭子が嚙《か》みついた。コーヒーを手に近づいてきて、空いた椅子に腰かける。

「オタクじゃなきゃ、あんなに細かく解析しないって。まあでも、おかげで助かった。サンキュー」

「自分の仕事をしたまでだ」

そう言う蘭子も少し赤くなった。

「あのまま永正証言で流れていたら、主犯格を逃すところだったからな。君たちのおかげだ。礼を言う」

野田坂が軽く頭を下げる。

つばきとりお、蘭子は面映《おもは》ゆそうに顔を見合わせた。

永正が病室で語ったことは、ほとんどが虚偽だった。

実際は、永正と家村が主導で、宇治原や金融関係者に打撃を与えるために仕組んだ事件だった。

永正や家村は、銀行や投資会社にもてあそばれ、理念ある会社を潰《つぶ》されたことに相当の恨みを抱いていた。

セーシンの宇治原と、永正らは、当時直接の面識はなかった。

しかし、宇治原がセーシンを起《た》ち上げる資金となったのは、旧永正鉱業社の株で仕手戦を行なって得たものだった。

当時の宇治原はインサイダーのプロだった。証券会社やアナリストと結託し、永正鉱業社の株に大量の資金を投入して株価を吊《つ》り上げ、売却益を得ながら、風説の流布と疑われるほどの情報を流して暴落させ、空売りでも利益を上げていた。

そうして資金が積み上がると、最後の最後に手持ちの永正鉱業社株を全処分した。

株価は連日ストップ安となり、他の投資会社の不安を煽《あお》って投げ売り状態となった。

それを見た銀行は融資を引き揚げ、ギリギリで回していた会社は立ちいかなくなり、あっけなく倒産した。

太一郎が死んだ後、遺《のこ》された家族は借金取りに追われ、泥を啜《すす》るような生活を強いられた。青息吐息の永正一家を支え、取り立てから家族を守ったのは、家村や遊佐、大貫といった旧永正鉱業社の生え抜き社員たちだった。

耕太は家村たちに感謝する傍ら、両親や自分たちを死の淵《ふち》まで追い込んだ宇治原と証券会社や銀行に復讐《ふくしゅう》すべく、永正鉱業社を再建し、ＡＲＣを起ち上げた。

自分たちがやられたインサイダー手法で資金を蓄えた永正たちは、ターゲットとする金融関係者に、セーシンに多額の投資をさせた。

そして、株価を吊り上げたところで、基地局窃盗という行為に打って出た。

セーシン以外のキャリアの基地局を盗ませて、それが宇治原の指示だったと画策するためだ。

もちろん、宇治原は指示をしていない。

しかし、実際に逮捕者が出て、宇治原の指示を受けたと暴露すれば、嘘でも疑念が疑念を呼び、本当のことのように語られるようになる。

それはかつて、宇治原が永正鉱業社に行なったことと同じ手口だった。

そうしてセーシンに対する信用を失わせた後、ARCで集めたセーシンの株を大量放出し、株価を二束三文まで暴落させ、セーシン本体はもちろん、ターゲットとする証券会社や銀行にも多大なる損失を被らせる計画だった。

倒産しない場合でも、外国のファンドにたたき売りして乗っ取らせ、宇治原が育てた会社を根こそぎ奪う算段も付けていた。

田代は、最後の最後に宇治原を追い込むために仕込んだ爆弾だった。

中岡たちの大量殺戮《さつりく》も宇治原の指示だったとなれば、宇治原は社会的制裁を受ける。のちに事実誤認だとわかったところで、この情報化社会の時代、一度出回った嘘は永遠に世に出回り続ける。

永正は田代が新証言をすると同時に警察へ出頭し、一連の窃盗事件に、宇治原関与の架空話を加え、供述する予定だった。

ところが、永正は急きょ、計画を変更した。

ARCの社員たちとその家族を路頭に迷わせることに躊躇《ちゅうちょ》したのだ。

そこで、ターゲットを宇治原一人に絞った。

永正がつばきたちに語った〝半年の猶予〟というのは、ARCから優良資産を切り離し、永正と家村が逮捕されても社員たちが暮らしていけるよう準備するための期間だった。

新会社への移行が終わり、社員たちの今後が約束された後、二人は宇治原と討ち死にするつもりだった。

これが、プランＡだ。

ところが、その矢先、永正の所在がつばきたちに発見された。そして、逃れられず、身柄を拘束されることになった。

永正は、そうした事態も想定していた。

万が一、永正が拘束される事態になった場合、ＡＲＣはそのままに、永正一人がすべての罪を被《かぶ》り、裁かれる。

それが、プランＢ。

家村を守ろうとしたのは、家村自身への感謝と残された家族の生活を託すためだった。

中岡たちを皆殺しにしたのも、家村を知る者たちを抹殺するためだった。

家村に手を煩わせてしまったが、彼自身も永正と同じく、不法投棄を繰り返す産廃業者には辟易《へきえき》していたので、処分すること自体に罪悪感はなかった。

だがプランＢも、つばきとりおの奮闘と蘭子の詳細な解析のおかげで阻止された。

「しかし、人の恨みは怖いねえ」

蘭子は言って、コーヒーを啜る。

「傷つけた人は三日もすれば忘れるでしょうけど、傷つけられた人はそのことを一生忘れられないものです」

りおがうつむく。

つばきが蘭子を睨《にら》んだ。蘭子は気まずそうな顔をして、小さく右手を立て、つばきに詫《わ》びた。

「けど」

りおが顔を上げる。

蘭子とつばきはびくっとして、仰《の》け反った。

「けど、傷は少しずつ癒《い》えていくものだとわかりました」

微笑んで、つばきと蘭子に交互に顔を向けた。

二人も小さく笑みを返した。

「でもー」

りおの切り返しに、またつばきと蘭子の顔が強《こわ》ばる。

「永正が立てたプランって、ＡＢ二つだけだったんでしょうか？」

りおが言う。

「十年以上前から立ててた計画でしょう？　簡単に潰されて、はい終わりってなるんでしょうかね？」

りおの疑問はもっともだった。

「それは我々も注意しているから大丈夫だ」

野田坂が答えた。

野田坂は事件の顚末《てんまつ》を知り、ターゲットとされた宇治原の周辺で事件が起こらないか、各方面と協力し、監視していた。

「まあ、宇治原が永正たちが言うような外道なら、いつかは天罰を食らうよ」

蘭子が言った。

「そうだね。そうあってほしいね」

つばきが言った。

「ところで、彩川君」

野田坂がりおを見やった。

「はい」

りおは座り直して、背筋を伸ばした。

「今日付けで、この事案についての特別配属は完了となる。明日から君は広報部に戻ることとなるのだが——」

野田坂の言葉を聞き、りおは淋《さび》しそうにうなだれた。

「君が良ければ、このまま三課に迎えたいと思っている」

「本当ですか！」

りおが顔を上げた。大きな瞳《ひとみ》が輝いている。

「総務部長とも話が付いている。どうする？」

「私、ここで働かせてもらいます！」

「そうか。なら、辞令を交付してもらおう」

野田坂は微笑み、部屋を出て行った。

「これからは仲間だな。よろしく」

杉平が言う。

「よろしくお願いします！」

りおは深々と頭を下げた。顔を上げるなり、つばきに向き直る。

「先輩！　今後ともご指導のほど、よろしくお願いします！」

後ろ髪が顔に被さるほど勢いよく頭を下げた。

「いい後輩ができたな、椎名」

蘭子が笑った。

「厄介ごとが増えただけだよ」

ため息をついて、りおを見やる。

「まあ、仕方がない。びしびし鍛えるから、覚悟しなよ」

「はい！」

りおが小鼻を膨らませた。

つばきはりおの勢いに圧《お》されつつ、優しげに目を細めた。

本書は、「カドブンノベル」（二〇二〇年七月号〜十二月号）及び文芸WEBマガジン「カドブン」（二〇二〇年十二月〜二〇二一年八月）に掲載された作品を、加筆修正のうえ、改題して文庫化したものです。

本作は、フィクションであり、登場する人物・団体・組織名など、すべて架空のもので、現実のものとは関係ありません。

プラチナ・ゴールド

警《けい》視《し》庁《ちよう》刑《けい》事《じ》部《ぶ》Ｓ《エス》 Ｓ《エス》捜《そう》査《さ》班《はん》

矢《や》月《づき》秀《しゆう》作《さく》

令和３年 ９月25日　初版発行

発行者●堀内大示

発行●株式会社KADOKAWA
〒102-8177　東京都千代田区富士見2-13-3
電話　0570-002-301（ナビダイヤル）

角川文庫 22817

印刷所●株式会社暁印刷
製本所●本間製本株式会社

表紙画●和田三造

●お問い合わせ
https://www.kadokawa.co.jp/（「お問い合わせ」へお進みください）
※内容によっては、お答えできない場合があります。
※サポートは日本国内のみとさせていただきます。
※Japanese text only

ISBN 978-4-04-109883-7　C0193

角川文庫発刊に際して

角川源義

第二次世界大戦の敗北は、軍事力の敗北であった以上に、私たちの若い文化力の敗退であった。私たちの文化が戦争に対して如何に無力であり、単なるあだ花に過ぎなかったかを、私たちは身を以て体験し痛感した。西洋近代文化の摂取にとって、明治以後八十年の歳月は決して短かすぎたとは言えない。にもかかわらず、近代文化の伝統を確立し、自由な批判と柔軟な良識に富む文化層として自らを形成することに私たちは失敗して来た。そしてこれは、各層への文化の普及滲透を任務とする出版人の責任でもあった。

一九四五年以来、私たちは再び振出しに戻り、第一歩から踏み出すことを余儀なくされた。これは大きな不幸ではあるが、反面、これまでの混沌・未熟・歪曲の中にあった我が国の文化に秩序と確たる基礎を齎らすためには絶好の機会でもある。角川書店は、このような祖国の文化的危機にあたり、微力をも顧みず再建の礎石たるべき抱負と決意とをもって出発したが、ここに創立以来の念願を果すべく角川文庫を発刊する。これまで刊行されたあらゆる全集叢書文庫類の長所と短所とを検討し、古今東西の不朽の典籍を、良心的編集のもとに、廉価に、そして書架にふさわしい美本として、多くのひとびとに提供しようとする。しかし私たちは徒らに百科全書的な知識のジレッタントを作ることを目的とせず、あくまで祖国の文化に秩序と再建への道を示し、この文庫を角川書店の栄ある事業として、今後永久に継続発展せしめ、学芸と教養との殿堂として大成せんことを期したい。多くの読書子の愛情ある忠言と支持とによって、この希望と抱負とを完遂せしめられんことを願う。

一九四九年五月三日